恋文やしろのお猫様
～神社カフェ桜見席のあやかしさん～

織部ソマリ Somari Oribe

アルファポリス文庫

JN063151

https://www.alphapolis.co.jp/

一　坂上《さかうえ》神社の恋文やしろ

『ネコさんきれいだねぇ～お耳もぴーんってしてかっこいいねぇ』

背中から、白い体に淡い色の蜂蜜《はちみつ》をとろぉっと垂らしたような艶々の毛並み。額と後ろ頭に少しだけ薄灰色の模様が入っていて「ああ、この子は三毛猫だったんだ」と、そう思った。

『そのおめめもきれい……おいしそう……？』

幼い子供では、その美しさを表す言葉を多く持っていなかったのだろう。きれい、かわいい、おいしい。小さな世界にはそのくらいしか褒める言葉が見つからない。

しかし、この猫は言葉が分かるのだろうか？　ちょっと警戒するように腰を落として、半歩下がって自分に話しかける女の子を見上げている。

右目は高い高い空と同じ青色で、左目は瑞々《みずみず》しいマスカットの色。

『さくらのおめめとはぜんぜんちがうねぇ……？』

飴玉のようにキラキラ光るその目をもっと近くで見たい。そう思ったのか、さくらは食い入るように猫を見つめ、しゃがんだまま猫ににじり寄る。すると当然、猫は逃げる。だけどこの美しいパステル色の三毛猫は、利口で優しい猫だったのだろう。走って逃げたりはせず、自らを観察するさくらを逆に観察してやりながら、そろりそろりと後退《あとずさ》る。

『ねえ、にげないで？』

しかし、とうとう小さな手が伸びて、猫はサッと飛び退いた。

『まって！　にげないでネコさん！』

立ち上がり、一気に遠ざかった猫を走って追いかけると、地面に落ちた桜の花弁がヒラヒラと舞った。

桜の季節の終わり、桜吹雪の日の遠い記憶だ。

◆

『——恋文坂《こいぶみざか》、恋文坂。間もなく恋文坂駅に到着します』

夢うつつの中、聞き覚えのある駅名が聞こえ、私はハッと顔を上げた。

「……あっ！」

目を開けた時にはもう扉が開いたところで、慌てて鞄とスーツケースを引っ掴《つか》み、扉が閉まる直前に電車を降りた。

「あ〜出口の近くに座っててよかった……！」

ほぅ、とホームで息を吐けば、気付いたのは潮の香りとザザン、ザザンと繰り返す波の音。

小さなこの駅は海のすぐ傍《そば》で、幼い頃にはここから見える青い海に大喜びしたことを、ふと思い出す。

「小さい頃の夢を見たのはここに来たせいかな……」

私はあの猫の夢の余韻と重いスーツケースを携えて、ひとり改札を出た。


――したためた恋文を奉納すれば、その想いは届き、きっと叶う。

この坂を上った先、私が目指す神社のお社《やしろ》にはそんな言い伝えがある。幼い頃から何度も通ったこの坂。だけど最近は、年に一度くらいしか上っていない。

前に来た時は暑い夏の盛りで、青々と茂る葉陰に蝉《せみ》の声がこだましていた。その前は冬。初詣《はつもうで》には少し遅かったけど、年明け頃の澄んだ空気が厳しくも清々しかった。ああ、そういえば、秋にはあまり来たことがないかもしれない。

「……ん？　でも、落ち葉で焼き芋を焼いてもらったような……？」

そうだ。まだ小学校低学年の頃。境内《けいだい》の枯葉を集めてお祖父ちゃんとお祖母ちゃんと、社《やしろ》のお爺ちゃん、それから……あれは誰だったっけ？　ハトコのお兄ちゃんかおじさんだったのか……それとも若い神職《しんしょく》さん？　浅葱《あさぎ》色の袴《はかま》が記憶の隅に残っている。

「は～……スーツケースが重い」

私は坂の途中で一旦足を止め、坂下から吹き上げる風に煽《あお》られるまま空を見上げた。

「あ、桜まではもう少しかな？」

見上げた空の間に見えたのは、坂の両端に植えられている桜の木とその蕾《つぼみ》。赤茶色でまだ硬そうなそれは、開花まではきっとあとひと月はかかるだろう。

「楽しみだなぁ」

この坂道も、神社も。桜の時期は格別の美しさとなる。といっても、出店や宴会をする花見客の賑やかさとは無縁。地元の人間が散歩をしながら花見をし、境内《けいだい》で振る舞われる甘酒を楽しむ。そんな密《ひそ》やかで小さな桜のお祭りだ。

私はスーツケースをガラガラと引き、ゆっくりと坂を上っていく。そして赤い鳥居が目に入れば、もうここは坂の頂点だ。

私はじんわりと滲《にじ》んだ汗を拭って、ふぅ、と息を吐いた。

「今年はここで桜を見れるんだ……」

ああ、お花見なんて何年振りになるだろう。

後ろを振り返ると、坂の下にローカル線の『恋文坂駅』が見え、その先には穏やかな海が広がっていた。

「あ……今日は遠くの島まで見えてる」

晴天の月曜日。通勤通学の時間をとうに過ぎた電車は空いていて、スーツケースを引いた私はまるで観光客に見えただろう。平日休暇の気侭《きまま》な一人旅……いや、そんな軽やかな足取りだったか自信はないけど、でも、きっと重くはなかったはず。

「だって、楽しみが待ってるもの」

私は自分に言い聞かせるようにそう呟いて、まだ綻ぶ気配のない桜のアーチと鳥居をくぐっていった。

◆

「社《やしろ》のお爺ちゃん……！　お久し振りです。お元気でしたか？」

「いらっしゃい、さくらちゃん。いやぁ……待っておったよ！　ほれ最近、急に御朱印が人気になって爺《じじい》一人じゃ手が足りんかったからの。これもご縁というもの」

有り難いこと。と、お祀《まつ》りしている縁結びの神様へ頭を下げるその後ろ姿は、年を召しても変わらずシャンと伸びている。

社《やしろ》のお爺ちゃんはこの『坂上神社』の宮司《ぐうじ》さんで、私の親代わりであった祖母の弟――大叔父にあたる人だ。久し振りに会ったけど、紫色の袴《はかま》を穿いたその姿を見て声を聞いたら、なんだか急に肩の力が抜けた気がして……そんな自分に驚いた。

「ご無沙汰《ぶさた》しております。本日よりお世話になります、弓形《ゆみなり》さくらです」

私はお爺ちゃんに並んで礼をして、柏手を打ち神様へご挨拶を。

――そう。私は今日から坂上神社に住み、ここで仕事をするのだ。


先月のことだ。急な事情で勤め先がなくなってしまい、住んでいたアパートも建て替えで引っ越しを余儀なくされてしまった。

どうして立て続けにこんなことが？　運がなさすぎる……と凹《へこ》んでいたその時に、社《やしろ》のお爺ちゃんから『神社の仕事をしないか』と連絡をもらい、そして今日に至る。

「本当に、お爺ちゃんに声を掛けてもらえて助かりました……！」

「ああ、ああ、気にしなさんな。小さな頃から知っとるさくらちゃんに任せられるのなら、それこそ僥倖《ぎょうこう》」

　そう言い微笑むお爺ちゃんは、さっそく職場へ案内しようと、幼い頃のように私の手を引いた。

　十年以上振りに握った手は、皺々《しわしわ》だけど大きくて力強くて、そして優しくて温かい。でもちょっと照れ臭くて、私はしっかり握り返すことができないのだけど。

「もう……お爺ちゃん、私も二十七歳になったんですよ？」

「はっは！　まだまだ小っちゃな孫娘のまんま、変わらぬよ」

「ふふっ、お爺ちゃんも。変わらず元気そうでよかったです」

　血の繋がりで言ったらそう近くはないのに、こうして孫扱いをして、目を掛け可愛がってくれる。近しい人全員と別れてしまった私にとって、社《やしろ》のお爺ちゃんは数少ない肉親だ。

「さくらちゃん、ここよ、ここ。リフォームをして生まれ変わらせた『恋文屋《こいぶみや》』よ！　随分とモダンになったろう？」

　拝殿からすぐそこ、境内《けいだい》の隅にある『恋文《こいぶみ》やしろ』の隣、小さな私道を挟んだ神社の敷地内。『恋文屋』はそこに作られた、小さなカフェ兼販売所だ。

「わ……素敵！　社《やしろ》のお爺ちゃんセンスいいですもんね！」

「はっはっは！　褒めろ、褒めろ」

建物自体はそう大きくないが、シンプル和モダンな四角い三階建ての建物。店先には大きな桜の木があって……ああ、桜の時期が今から楽しみだ。

「一階は昔の『恋文屋』と同じく、『恋文やしろ』へ奉納する『奉納恋文』を書くための場所と、便箋《びんせん》やらペンやらの販売所になっとる」

黒の引き戸をガララと開け、建物へ入るとその途端、木の香りにフワッと包まれ思わず目を見開いた。すごくいい匂い……！

「内装はもう出来上がっとってな、あとは商品を待つだけじゃ」

壁側には白木の棚があり、その前には商品を平置きできる台が付いている。

「わ、この木の衝立《ついたて》……透かし彫り？　素敵！　お爺ちゃん、窓側には何があるんです？」

「ああ、『奉納恋文』を書くためのお席じゃよ」

売り場からの目隠しになっている衝立《ついたて》の奥を覗くと、一枚板でできたカウンター席があった。外から恋文を書く姿や手元は見えないよう、そこだけ曇《くも》り硝子《がらす》になっている。だけど席から顔を上げれば、桜の枝が見えるようになっていた。それから、ひと席毎に衝立《ついたて》も立ててあり、『恋文』なんてセンシティブなものを書く場所に相応《ふさわ》しい気遣いがされている。

「今週末の開店予定で進めとったから、品物は水曜には届くはずじゃが……まあ、開店は遅れても構わんよ。なんせ急なことじゃからな。で、こっちがさくらちゃんお待ちかねのカフェスペースよ」

「わぁ……！」

十五帖程の部屋を、透かしのある衝立《ついたて》と『色』で半分に分けてあった。便箋《びんせん》や筆記用具を置く『恋文屋』は白木で、カフェの『恋文屋』は黒に近い焦げ茶色で統一されている。

しかし、大きな窓から見える景色は一緒だ。今はまだ蕾《つぼみ》の桜と、その向こう側には『恋文やしろ』が覗いている。

「まるで大きな絵みたいですね」

「そうだの。春は桜、夏には緑、秋の銀杏《いちょう》もきっと綺麗だろうて」

「……冬の雪景色は難しそうですね」

「ここは海風で暖かいからのぉ〜。ま、冷えんでええじゃろ」

カフェの窓側のカウンター席はゆとりを持った四席。フロアのテーブル席は合計六席で、提供作業をするスペースは壁側にあり、そちらにもカウンター席があるけど二席だけ。

目を閉じ想像してみよう。恋文をしたためる甘い音が密《ひそ》やかに響く中、四季折々に彩られた境内《けいだい》を眺め、好みの珈琲《コーヒー》をゆったりと楽しむ。

今は真新しい木の香りがするこの場所に、紙とインク、そして珈琲《コーヒー》の香りが漂うのだ。これから、そんな場所を私が作っていく。

「……楽しみ」

「そう言ってもらえると有り難い。ここを任せる予定だった孫は、この店を休憩所程度にしか考えてのうてなぁ。さくらちゃん待望のカフェがオマケ程度の広さで申し訳ないんじゃが……」

「いいえ、そんなこと！　お店もカフェも初めてだし、それに小ぢんまりとしてて素敵です」

私は一番端のカウンター席に腰掛け、外を眺めてみた。

目の前の窓からは桜が綺麗に見えている。ああ、ひと月先の桜の盛りには、きっとここは特等席になるだろう。

そして、私はカウンターの向こう側、私が立つことになる場所に目を向けた。今はまだ何もないけれど、ここで、私の夢が叶うんだ。

通帳を見る度に、きっと無理だと諦めていた夢。手で珈琲《コーヒー》豆を挽《ひ》いて、お供にできる焼き菓子を焼いて……。メニューは少なくても、お客さんに一時の癒《いや》しを提供する、そんなカフェを開きたいとずっと思っていた。

「しかし、最近は忙しくなったとはいえ平日はこんなもんでな？　カフェも恋文屋もそれ程の客入りは見込めん。さくらちゃん、それでも本当に構わんかい？　それから神社の仕事もすこ〜し手伝ってもらえたら嬉しいんじゃが……どうかの？」

「ええ、大丈夫です。初心者の私にはのんびりできるくらいが丁度いいと思います。それから神社のお手伝いも勿論！　あ、でも……」

「ん？」

「あの、お爺ちゃん？　お手伝いの時……私も巫女さんの格好をするんですか？　もしかして」

巫女装束は素敵だ。でも、二十代後半の私にはちょっと恥ずかしい。だって、巫女さんって二十歳そこそこまでの初々《ういうい》しい子が多いでしょう⁉

「ああ、ああ。爺としては着て欲しいが……強制はせんよ？　さくらちゃんは未婚だし長い黒髪だし気立てはいいし……爺は見たいがのぉ？　巫女姿」

「ううーん……ちょっと考えさせてください」

憧れと戸惑いの狭間で答えを濁した私に、社《やしろ》のお爺ちゃんはハッハッと笑う。

「さて。さくらちゃん、ひとまず社務所でお茶でも飲もうや」

「はい！」

この坂上神社にいるのは、宮司《ぐうじ》である社《やしろ》のお爺ちゃん一人だ。お婆ちゃんは既に他界していて、息子であるおじさんは別の大きな神社で奉職中。それなりの地位にいるらしい。私のハトコにあたるその息子たちも、別の神社で修行中だったり一般企業に就職したりして、ここへ顔を出すのは稀《まれ》だという。

「そんなわけでな、さっきも言ったがちょっぴり手が足りてのうてなぁ。SNS？　で『恋文やしろ』が紹介されたとかで、若いお嬢さん方が急に参拝に来るようになってもうて。忙しい時期にはバイトの神職《しんしょく》を呼んだけども……」

「ああ、あの投稿ですね！　私も見ました。一年前くらいでしたっけ？」

丁度、桜の時期の投稿だった。地面は桜の花びらの絨毯《じゅうたん》で、晴天に恋文やしろと拝殿が映える素敵な写真だった。いくつか添えられたハッシュタグの中には『#恋が叶う恋文やしろ』ともあり、これが神社のご利益が広く知られる切っ掛けになった。

「よい写真だったがなぁ。あれ以降、爺もお社《やしろ》のお猫様も落ち着かんでなぁ～」

お爺ちゃんはしみじみと、お茶をすすって言った。

――お社《やしろ》のお猫様。

お爺ちゃんがそう呼ぶのは、境内《けいだい》にある小さなお社《やしろ》の主《あるじ》のことだ。

そのお社《やしろ》にはこんな言い伝えがある。平安の昔、ここには大きなお屋敷があって姫君がいた。その姫君は、飼い猫にそっと恋文を預け、身分違いの相手と文《ふみ》を交わしていたという。

姫君の猫は文《ふみ》を首輪に括《くく》り付け、坂を下り、返事を携え今度は坂を上る。文《ふみ》のやり取りは夜毎に繰り返されて、いよいよ迎えた百夜目。身分が低かった男は立身出世を果たし、恋文を持たせた猫と共に屋敷を訪れ、姫君を妻に迎えた。

そうして、この逸話から建てられたのがここ『坂上神社』だ。ご利益は当然、縁結びと出世。神社の正確な建立年代は不明だけど、多分、言い伝えの男と姫君本人が建てたのだろうといわれている。

だってここには、恋文を届け続けた猫を祀《まつ》った『お猫様』のお社《やしろ》も建てられているからだ。お社《やしろ》の装飾は、姫君から愛猫への溢れんばかりの愛情が見えるようで、本殿にも拝殿にも負けていない。

そんな、小さくても豪奢なお社《やしろ》が『恋文やしろ』だ。

私の職場になる『恋文屋』は、そのお社《やしろ》に詣でる人々のための場所。伝えたい思い、届かぬ想いを文《ふみ》にしたためお社《やしろ》に奉納すれば、今もここにいる『お猫様』が想いを届けてくれる。そのお手伝いをするための場所。

「増えた『奉納恋文』のために『恋文屋』を復活させようとリフォームまでしたのに、店主に手を挙げた孫は、やっぱり仕事を続けるからそっちには行けない！　なんぞ言い出すし……」

「ああ……」

もう十年は会っていない、明るいハトコの顔が思い出された。きっと面白そうだと手を挙げたのだろう。しかしあの兄貴肌のお兄ちゃんのことだ。職場に引き留められたのかもしれないし、恋文屋よりもっと面白そうで大きな仕事が来たのかもしれない。

「まぁ、さくらちゃんに声を掛けたらどうかと言ったのもその孫なんじゃがな。結果的にはあの子が辞退してくれてよかったしの！」

「本当に！　家も仕事も手に入って……ほんと、お兄ちゃんのおかげ……」

ハトコの直前での辞退は無責任にも思えるけど、その彼の思い付きで私はここにいるのだ。大人になっても変わらなかったお兄ちゃんの大らかさに感謝です。

「しっかし爺も地味～な災難続きでなぁ。ああ、さくらちゃん程ではないぞ？　御朱印書きで腕が腱鞘炎《けんしょうえん》になってしもうてな。まったく、この年になってどんな試練かと思うわ。ほれ、こんなんよ」

「えっ、やだ、腕が湿布だらけ！　お爺ちゃん、枚数限定にしたほうがいいんじゃ……」

「いやいや、せっかく欲しいと言ってくださるんじゃから、できる限りはの？」

これもSNSの影響だ。あの写真と共に、『恋文やしろ』の由来にちなんだ猫の足跡と手紙をあしらった御朱印が可愛い！と話題になったのだ。

「いつの時代も、若いお嬢さん方は恋に夢中よの～」

はぁ〜と、お爺ちゃんは大きな溜息を吐きお茶を飲む。

「ふふっ、そうですね。……あ、そうだお爺ちゃん、送っておいた私の荷物って……？」

「おお、そうだ！　恋文屋の三階に入れてある。いやいや、そういえば案内するのを忘れとったわ。はっはっは」

日用品や家電、服などを、アパートを出る前に送らせてもらっていたのだ。とはいえ、ものは少ないので段ボールでいくつか。大掛かりな引っ越しにならずに済んで、主に費用面で大いに助かった。

「え、もう部屋に入れてくれたの？　ありがとうございます、お爺ちゃん！」

そう。私の住み込む部屋はあの『恋文屋』の上だ。例のハトコが住む予定だったそうで、バス、トイレ、キッチンにベランダも付いている、単身者に丁度いい十五帖のワンルーム！しかもクローゼットや食器棚は作り付けなので、私は古い家具のほとんどを処分した。ああ、ベッドはないけど……最初は久し振りにお布団でいいだろう。

「それからの、家具はさくらちゃんさえよければ母屋《おもや》から好きなものを持って行けばいい。使ってないテーブルやら鏡台やら古いが色々あってなあ」

「わ、嬉しい！　昔の小箪笥《こだんす》とか文机《ふづくえ》とか……素敵だな〜って憧れてたんです……！」

「ほおー。あとでゆっくり好きなものを選びなさい」

それから私たちは『敷地内同居』のルールを決めた。食事やお風呂は基本的に別。食の好みや生活のリズムが違うから、これはそのほうがよいとお爺ちゃんが言ってくれた。それでも週に何度かは一緒に食事をしようとも約束をした。恋文屋の仕事に慣れてきたら、私がお昼ごはんを振る舞うのもいいかもしれない。

「あと、お爺ちゃん。あの……お部屋とカフェのお家賃、本当に支払わなくていいんですか？」

「いい、いい。リフォームした恋文屋を再開してもらって、カフェもやってもらって、更に神社のほうも手伝ってもらえるんじゃ。十分すぎるわ。まあ、恋文屋の店長としてのお給料も安いしの」

「いえ、私のほうこそ十分すぎです……！」

私はここに住み込み、『恋文屋』の雇われ店長となる。だけどカフェは別。カフェは場所を提供してもらい、私自身が経営するのだ。

本当なら場所を探すのも大変だし、カフェには初期投資も必要。私の貯金なんかじゃ足りなかっただろうし、融資を受けられるはずもない。仮に場所が見つかって貯金で足りたとしても、その先の運転資金がなかったと思う。

カフェの経営はきっと、私が想像しているよりも厳しいものだろう。おしゃれで、雰囲気も味もいいカフェでも利益を出すのが難しい。学生時代にバイトをしていたカフェの店長が、これは半分趣味だと苦笑混じりに言っていたのをよく覚えている。

だけど私は、家と店の家賃を免除してもらい、その上、併設の『恋文屋』店長としての収入もある。こんな恵まれた環境は普通ない。

「本当に助かります……いつか、お爺ちゃんから『お家賃いただこうかの？』って言ってもらえるくらいにカフェを繁盛《はんじょう》させますからね！」

「あっはっは！　そりゃあいい。——しかし、どうじゃ？　恋文屋は小さいが、気に入ってくれたかの？」

「はい！　すごく素敵なお店でした」

お爺ちゃんは小さいと言っているけど、あのくらいの広さと席数のほうが、くつろげる隠れ家のような感じがして私は好きだ。

「それに夢だったカフェだけじゃなくて、実は便箋《びんせん》やペンを扱う『恋文屋』のほうも楽しみなんです」

「ほお。そりゃあ有り難い」

「私、どちらかというとインドア派で……自分で淹《い》れた珈琲《コーヒー》を飲みながら、手帳や日記を付けるのが好きなんです」

スマホの手帳アプリは楽だけど、大事なことや自分の気持ちは、やっぱり紙に書きたくなってしまう。気に入ったペンで好みの紙に一文字ずつ綴《つづ》ると、なんだか気持ちが落ち着く。ペン先からインクを経て紙に落としていくと、嫌なことはスゥッと軽くなり、嬉しいことはじんわり胸に広がっていく。そんな気がするからだ。

――きっと、『恋文やしろ』に奉納される恋文は、一文字、一文字、大切に綴《つづ》られるのだろう。

もし、私が働く『恋文屋』がそんな恋文を書くお手伝いをできたなら、私はその日の日記に『嬉しいこと』として記すはず。

「……さあて。どうなるかな」

「え？」

あれこれ想像を巡らせている私を見て、お爺ちゃんがフッと笑った。

その笑顔がとても穏やかで優しくて、急に転がり込む形になったけど、私は歓迎してもらえてるんだな……と安堵し、微笑み返した。

その後、お茶をもう一杯いただいてから、私は荷物を片付けるために恋文屋へ向かった。

本当は母屋《おもや》の家具を見せてもらいたかったけど、まずは今夜の寝床を確保しなければ！　段ボールの隙間で寝たくはない。

「恋文屋の商品が届くのは明後日だから……明日までに自分の部屋を片付けて、カフェの準備も進めなくっちゃ」

頭の中でスケジュール帳をめくり、簡単に段取りを考えてみる。恋文屋は元々、今週末にオープンの予定だった。お爺ちゃんは遅れても構わないと言ってくれているけど、できれば間に合わせたい。

「そうなると……土曜日にオープンとして、準備期間は四日か」

ちょっと厳しいかもしれない。でも、任されたからには頑張らなくては！

「んー……でも、カフェの開店は少し先になっちゃうかなぁ」

学生時代、私がバイトをしていたカフェは小さなお店で、店員は店長と私ともう一人だけ。

いつかカフェをやりたいと夢を語った私に、それなら勉強も兼ねて色々やってみる？　と、店長は接客だけでなく、店の経営や仕入れについても教えてくれた。だからカフェの営業は多分心配ない……はずだと思っている。

いつか、と夢見てシミュレーションも沢山してきたし、この話をもらってからできる限りの準備はした。どんなカフェにするかも決まっている。だけど……

「恋文屋とカフェ……初めてのお店を一人で両立できるかな」

やっぱり、いきなりの両立は難しいかもしれない。無難なのは恋文屋からオープンして、カフェはその後だ。

「でもどうせならカフェも早く始めたいし……あ、恋文屋のほうも追々は自分で選んだ商品を置けるようにもなりたいよね……」

と、境内《けいだい》を歩きながら独り言を呟き、頭の中がスケジュールから夢に移ろいかけていた時だった。

『ガサガサ』

『カリッ、ガサガサササッ』

奇妙な音がどこからか聞こえてきた。

歩を止め周囲を見回してみるが、やはりまだ、紙を引っ掻き回しているような木を引っ掻いているような、そんな音が聞こえている。

「あっちのほうから……？」

斜め前、桜の大木の方向だ。太い幹の陰から覗くのは、赤い鳥居と金の装飾が際立つ黒い屋根。――『恋文やしろ』だ。

「なに？」

私は足音をひそめ、そうっとお社《やしろ》へ近付いた。

『ゴッ、ガサササッ』

さっきよりも乱暴な音が聞こえ、回り込んで見てみようとした足が止まる。と、私の耳に思いもよらぬ声が届いた。

「……チッ！　いかんな」

舌打ち混じりの声に、私の肩がビクリと揺れた。そして一瞬、チラッと見えたのは四角い黒塗りの箱。

――えっ。まさか……賽銭《さいせん》泥棒⁉

ドクン、ドクン、と私の心臓が大きな音を立てる。

どうしよう。声は男の人だった。人を呼んだほうが……ううん、その間にきっと逃げられてしまう。それじゃ駄目。だって、今日からお世話になる神社なのだ。泥棒を取り逃がすわけにはいかない。

私は静かに深呼吸をして、木の陰からそっとお社《やしろ》のほう――舌打ちの主《ぬし》がいるであろうそこを覗き見た。

「ああ、やはりか。一通残っているとは……不覚」

――えっ？

私は目を瞬《またた》いた。そこにいたのは意外な人物だったのだ。白い着物に浅葱《あさぎ》色の袴《はかま》を穿いた男の人。神社に奉職している神職《しんしょく》さんにしか見えない……が、とても目立つ、珍しい神職《しんしょく》さんだと私は思った。

まず、目に飛び込んできたのはその髪だ。少し毛先が長い柔らかそうな髪は、淡く薄いクリーム色をした不思議な金色で、ひとすじ、ふたすじ、これまた淡いグレイの色が入っている。こんなおしゃれな、黒髪じゃない神職《しんしょく》さんも今はいるのか……と思ったけど、その横顔には外国の雰囲気も感じられる。

「……お手伝いの神職《しんしょく》さん？」

でも……忙しい時に呼ぶことはあるって聞いたけど、今日は平日だし、今の時間に参拝者はほとんどいない。

じっと観察していると、彼は木の根に膝を立てて座り、『奉納恋文』の箱を引っ繰り返し手を突っ込んでいた。その所作もやっていることも……どうにもあまり、らしくない。

そのまま息を詰め見つめていると、彼は『奉納恋文』の箱の中に残っていたらしい封筒を取り出した。なるほど、これを取ろうとしてあんな音を立てていたのか。

「おお、取れた。さて……読むか」

彼はおもむろに、封筒の封に指を掛けた。

「えっ！　駄目っ、何してるの⁉」

思わず木の陰から飛び出す。そしてこちらを向いた彼と、目が合った。

「いや、恋文を読んでみようかと……」

――すごい。オッドアイだ……！

私を見上げるその瞳は澄んだ空色と碧色《みどり》。私は驚きと緊張を押し込めて、早口で彼に問いかけた。

「あ、あなた、ここのお手伝いの方ですか？」

「いや」

「……じゃあ、何？」

「何と問われても……。そうだな、配達人――だろうか？」

彼はコテンと首を傾け、少し考えてからそう答えた。

「配達人？　あ、もしかして『奉納恋文』をお爺ちゃ……宮司《ぐうじ》さんに届けるお仕事なんですね？　でも、それなら、勝手に封を開けるなんて尚更よくないと思います……！」

だって、この『恋文やしろ』に奉納されているのは、恋を叶えたい気持ちを綴《つづ》った恋文なのだ。奉納された恋文は、宮司《ぐうじ》であるお爺ちゃんが祝詞《のりと》を上げ、毎日神様へお届けしている。

勿論、中身を見ることなどしない。神社でよく見かける奉納絵馬と同じ、願いに目を通すのは神様だけ。それがルールだ。

「ところでお前は？」

「え？　あ、えっと、そこでお店を始めることになった……者です、けど……」

「ああ、あの煩《うるさ》い工事はお前のせいだったか。そういえば恋文屋を再開させると言っていたか」

彼は改築された恋文屋に目を向けそう言うと、トンッと跳び上がるよう軽やかに立ち上がって、私の目の前へ。じっと見下ろされ、思わず半歩後退《あとずさ》ると背中が桜の木にぶつかった。

「な、なんでしょうか……」

座っていた時には気付かなかったけど、この人、スラッとしていて背が高い。私より頭一つ分は大きくて、思い切り見上げなければ目が合わない。

ああ、彼の空色の瞳に私が映っている。目の中が見えるだなんて、その近さに一瞬ドキリとするが不思議と嫌じゃない。鼓動の高まりを感じはするけど、普通ならあるだろう恐怖感や嫌悪感は一切覚えないのだ。

「……そうか。お前、さくらか」

「えっ……」

なんで私を知って……？　あ、もしかしてお爺ちゃんから聞いていたとか？　それにしたって呼び捨てってどうなの？　この人、私より年下っぽいのに。もしかしたら学生さんってこともあるんじゃない？

「まあ、そう睨むな。よしよし、今日からまた護ってやろう」

「え？」

彼はポン、と私の頭に掌を乗せて、そのまますると髪を一撫で。やけに優しげに微笑むから、ついそんな不躾さを許してしまった。

「これはちゃんと小治郎《こじろう》のところへ持って行くから安心しろ」

開封しかけた奉納恋文を人差し指で弾くと、彼はヒョイッと木の根を跳び越えて、一瞬で姿を消してしまった。

「……え？　小治郎って？」

去っていったほうを向いて呟いたら、何故か突然力が抜けてしまい、私はその場にペタンと座り込んだ。腰が抜けた状態だ。

「結局なんだったの、あの人……」

明るく淡い髪色も、見慣れない顔立ちも左右色違いの綺麗な瞳も、飄々《ひょうひょう》とした物腰も。なんだかまるで、白昼夢みたいな人。

私の心臓は、まだトクトクと鳴っていた。

◆

「あ、『小治郎』って社《やしろ》のお爺ちゃんの名前か」

段ボールを開けクローゼットに服を仕舞いつつ、ふと思い出した私は呟いた。

小さな頃から『社《やしろ》のお爺ちゃん』と呼んでいたから、小治郎という名前がすぐには浮かばなかったのだ。さすがに苗字は、神社と同じ字の『坂上《さかがみ》』だからすぐ出てくるけど。

「それにしてもあの人……お手伝いの人なのにお爺ちゃんを呼び捨て？　やっぱり外国の人なのかな」

母語ではない言葉は難しいだろうし、敬語が苦手な人もいるだろう。

「明日お爺ちゃんに聞いてみよう」

少し早いけど、もうそろそろ桜の時期だ。もしかしたら今年は早めにお願いしたのかもしれない。それにこれから顔を合わせることになるのなら、ちゃんと自己紹介をしたいし、紹介もしてほしい。

「ああ～……私ってばあんな喧嘩腰で……。失敗したかなぁ」

賽銭《さいせん》泥棒かと思って隠れて様子を窺《うかが》っていただなんて、失礼すぎてさすがに言いづらい。

自己紹介の前にまずは謝ったほうがいいだろうか？　神社の中では私が後輩になるわけだし……

「あの人、なんて名前なんだろう？」

「――俺のことか？」

背後から聞こえたその声に、私はビクリと手を止め固まった。

恋文屋の出入り口は施錠したはずだし、三階への扉――この部屋の玄関だってちゃんと鍵をかけたはず。それなのに、まさか泥棒？　変質者⁉　と、血の気が引いたけど……何かが引っ掛かった私は、思い切って後ろを振り向いた。

すると、そこにいたのは浅葱袴《あさぎばかま》のさっきのあの人！

「やっぱり！」

ちょっと硬くて艶のある、その声に聞き覚えがあったのだ。

「どこから入ったの⁉」

「ん？　出入り口からだが？」

「えっ、開いてました⁉　で、でも、勝手に入ってくるなんて……！」

「ああ。何度か呼んだがお前が気付いてくれないので、まぁよいかと……」

「え。あぁ、それは……すみません」

段ボールをガサゴソやっていたから聞こえなかったのかな？　一人暮らしだし、鍵をかける習慣はしっかりついてたはずなのに……。慣れない場所だからうっかり忘れた？　小窓以外は全部閉めたと思ったのだけど……

「それでな、さくら。小治郎が『夕飯を食べにおいで』と言っているが、どうだ？」

「え？　夕飯？」

その言葉で窓を見て、外が暗くなっていることに初めて気が付いた。そしてカーテンをまだ付けていなかったことにも気付き、早くにやっておけばよかった！　と内心で項垂《うなだ》れた。

「さくら？　小治郎が待っているがどうする？」

「あ、はい、行きます！　あ、でもこれだけ片付けてから……」

私は空になった段ボールを大急ぎで潰しにかかった。これが片付けば、そこに布団を敷いて寝ることができる。

「俺がやっておこう。さくらは手を洗ってくるがよい。あと、顔もな？」

「え？」

鼻を指さしニヤッと笑った顔を見て、ハッとした。もしかして、と鼻をこすってみたら、まんまと手の甲に黒い汚れが付いた。

これ、宅配便の伝票だ！　カーボンで汚れた手で鼻をこすったから……！

「ごめんなさい、お願いします！」

　私は段ボールを彼に任せ、洗面所へと急いだ。ああもう、どんな真っ黒な顔してたんだろう⁉

「あの……段ボールありがとうございました。すみません」

「いいや、構わん」

　私は今度こそ鍵をしっかりかけて、待たせていた彼に頭を下げた。

「さて。それではさくら、母屋《おもや》まで送っていこう」

「え、あ、はい」

　また名前を呼び捨てだ。私のほうはこの人の名前をまだ知らないのに……。きっと悪い人じゃないと思うけど、妙に人懐こいというか、馴れ馴れしいというか……？

　でも、当然の警戒をしてしまう気持ちもあるけど、多分ちょっと落ち着かないだけで嫌ではないのだ。この、綺麗な笑顔で私を構ってくる彼のことが。

　そっと目線を上げてその横顔を覗くと、碧《みどり》色の瞳が私を見下ろしていた。

「どうした？」

　わ。やっぱりこの人、綺麗だ。こんな間近で、整った顔でにっこり微笑まれるとなんだか目が眩《くら》みそう。

「いえ、あの、すぐそこですし、一人で大丈夫ですよ？」

「境内《けいだい》は真っ暗だぞ？　さくらは見えないだろうに。もう少し灯りを増やせと言ってはいるが……小治郎はなかなかやらん」

「え？　ああ、本当ですね……真っ暗」

階段を下りていくと、とっぷり暮れた境内《けいだい》は思っていた以上に暗かった。高い木もあるから余計に闇が深いのだろう。これは懐中電灯の用意が必要だ。きっと持ってきてくれているのだろう隣の彼に感謝しなくては。

と、そう思ったのだけど、彼が灯りを出す素振りはない。しかし真っ暗な中をずんずんと進んで行ってしまうので、私はその白い着物の背中を目印に付いて歩いた。

「こんな何も見えない暗い中で歩けるなんて……随分と通い慣れているんですね」

「ん？　まあ、慣れているが……見えているぞ？」

「え？」

目印の白い背中がくるりとこちらを向いた。すると、闇の中に小さな二つの光が浮かんで見えた。

「――えっ⁉」

目だ。彼のあの美しい瞳が光っている。

そう、まるで猫みたいに。

「俺たちは夜目が利《き》くのを知らないのか？」

「……え？」

「さくら？」

「ッ、は……ええ？」

「昔、話してやったはずだがなぁ？　忘れてしまったか？　ほら、お前が格好よいと言っていた、ピーンとしたお耳も健在だぞ？」

そう言って、私に見せるよう少し屈《かが》んだ彼の頭には、ピンと立った三角の耳が。ピピッと動いているので猫耳カチューシャなどではないだろう。いや、どうして突然カチューシャをつける人がいるのかと思うし、そんな手品をする所以《ゆえん》もない。

「みみ……？」

私は思い切り首を傾げた。それならこれは何？　猫耳？　それじゃ、彼は何？

頭が痺《しび》れたようにぼうっとして、私はただ棒立ちで彼を見上げていた。とても不思議で訳が分からないけど、何故だか怖くはない。

そう。正体不明の彼よりも真っ暗な境内《けいだい》のほうが怖いくらい。私の心はこの『猫耳』を受け入れている。

「忘れたか、さくら。『配達人』と言ったのはお前であろう?」

「配達人……」

「そうだ。俺のこと……俺の役目を『配達人』と言っただろう? 小さなさくら」

「——う、そ……」

猫耳を誇らしげに立て悪戯《いたずら》っぽく笑う彼は、耳と同じ色の二又尻尾で私の手をするりと撫でた。

「お爺ちゃん!?」

私はガラッと勢いよく玄関扉を開け、脱いだスニーカーは引っ繰り返したままで廊下を走った。

「社《やしろ》のお爺ちゃん!」

「こら。なんじゃい、さくらちゃん。騒々しい」

炊き立てのご飯をよそっていたお爺ちゃんは、しゃもじ片手に台所から顔を出した。

テーブルには鯵《あじ》の干物とお味噌汁にお漬物、それに春らしい菜の花と筍《たけのこ》の煮物が並んでいて、その香りが食欲を刺激する。なんとも美味しそうで早く食べたいけど、その前に……！

「ごめんなさい、お爺ちゃん。でも、あの人、あの人って……！」

「おお、本当に呼びに行ってくれたんかい。お猫様は本当にさくらちゃんを気に入っておられるのぉ？」

お爺ちゃんはおかしそうに背を丸めてクックッと笑う。

「ほ、本当に⁉　お猫様なんですか、あの人⁉」

「昼間に会ったと聞いとったが……覚えてなかったかの？　さくらちゃん」

お爺ちゃんは「おやおや」と苦笑し、私を椅子に座らせた。

「小さい頃によく遊んでもらっておったし、さくらちゃんは『ネコさん』と呼んで懐いておったじゃろ？」

「え……？　え？　あ……そう言われてみれば……？　あの、誰だかは分からないけど、神職《しんしょく》のお兄さんが遊んでくれたのは覚えてます、けど……」

私は目を彷徨《さまよ》わせ、遠い記憶を辿って探る。

もしかして、電車で見た三毛猫の夢も、恋文坂で思い出した焼き芋の光景にいたお兄さんも、どちらもあれはお猫様……だったのだろうか？

私は一枚一枚、薄皮を剥がすようにして記憶を思い起こしていった。すると私の中にじわ……と、何か温かくて明るくて、優しいものが広がっていくのを感じて、ああ、これは思い出だ。そう思った。

あのとろけた蜂蜜《はちみつ》色の髪も、左右で違う色をした、飴玉みたいで美味しそうだと言った瞳も、私は知っている。いつも首が痛くなるくらいに見上げて、袴《はかま》を掴《つか》んで歩いていた。抱き上げてもらったりもしたし、時には猫の姿の彼を逆に抱き上げて、撫でて一緒にお昼寝もしたりした。

そうだ、ちょっと硬いけど優しい響きのあの声も——

「さくら」

そう、この声だ。

いつの間に現れたのか、お爺ちゃんの後ろから覗き込むようにして、彼が私の名を呼んだ。

「……ネコさん」

昔懐かしい呼び名を口にしたその途端、彼はくしゃりと顔を歪め、そうっと私を抱き締めた。子供の頃、懐に抱えてくれた温もりを思い出した。

ああ。信じられないけど、私は既に知っているのだから信じるしかない。

彼は、お手伝いの神職《しんしょく》さんなんかじゃなくて、ここに住まい、守護をし、奉納恋文を神へ届ける——『恋文やしろ』のお猫様だ。

二　お猫様と恋文屋

「さて、やりますか」

エプロンを着けて髪を結ぶ。髪ゴムは雑貨屋さんで一目惚れした、刺繍《ししゅう》で作られた猫のモチーフ付きだ。可愛くてお気に入りだけど、外ではそれこそ可愛らしすぎて使うことができなかった。

だから今日、初めて使う。真《ま》っ新《さら》なものは、新しい場所での一日目に相応《ふさわ》しい。気分は意外と馬鹿にできないものだ。

作業を始める前に窓と硝子《がらす》扉を開けると、小路の向こうの『恋文やしろ』が目に入った。

「……今日はまだいないのかな」

昨夜の、非現実的すぎる彼のことを思い出し呟いた。

ううん、思い出すも何も……一晩中考えていた。朝起きてもずっと頭から離れない。ああ、だから私はこの髪ゴムを手に取ったのかも？　彼と同じ三毛猫さんだもんね。

すっかり大人になってしまった私の頭は、まだあの『お猫様』を受け入れきれてない。でも確かに私は彼を知っていたし、お爺ちゃんだって――

「社《やしろ》のお爺ちゃん、なんであんな普通に受け入れられてるの……？」

宮司《ぐうじ》さんという職業柄なんだろうか？　それとも、もしかして私みたいに小さな頃からお猫様を知っていたのかな。

そんなことをぼーっと考えていたら急に強い風が吹き、目の前の桜がザワザワと葉を揺らした。見上げた風に揺れる古木の蕾《つぼみ》は、まだまだ硬そうだ。

桜が咲く頃――私と同じ名の、その花が綻ぶ頃、私はここでどう過ごしているのだろう？

まだ物が少なく寂しい店内には私一人。シンと静まり返っているここは、賑やかで、それでいて優しい場所になっているだろうか。

「……頑張らなきゃ。よし、掃除しよ！」

まずは棚を乾拭《からぶ》きし、お爺ちゃんから借りて来た箒《ほうき》で床を掃く。便箋《びんせん》や封筒を置く『恋文屋』に荷物が届くのは明日。だから今日は、一足先に『Ｃａｆｅ　恋文屋』を私のお城に仕立てようと思う。

カウンター内には作り付けの棚がある。壁一面、高い位置まであるその棚には、私のリクエストで硝子《がらす》戸が嵌《は》め込まれている。お爺ちゃんから事前に貰った店内の写真を見た時、この壁を使ってやりたいことを閃《ひらめ》いたのだ。

「ふふっ、まずは楽しいことから始めちゃおう」

私は『われもの注意』のシールが貼られた段ボールを開け、緩衝材に包まれた珈琲《コーヒー》カップとソーサーを出した。そして硝子《がらす》戸付きの棚に、一つ一つ並べていく。

深い水底のような藍色が美しい焼きもの。次は花と蜂《はち》の絵が可愛らしい白地のセット。それから可愛らしくも豪華な、向日葵《ひまわり》のような黄色に金彩《きんだみ》が施されたこれもお気に入り。その隣には、無骨な肌を持ち、掛けられた釉薬《うわぐすり》の翠が鮮やかなセットを並べよう。

「……うん、素敵！」

私は棚から少し離れて、並べたカップを確認してにんまり。ほとんど黒に近い焦げ茶色の棚に、和と洋、古いものと新しいもの、色も形も様々な珈琲《コーヒー》カップが映えている。

「やっと出番が来てよかったね……」

思わずそんな言葉が出た。

元々は自分で使うために買い始めたカップだった。だけどそのうち、出掛けた先々で気になってはついつい買ってしまい……いつの間にか増えてコレクションのようになってしまった。並べたカップには長年の間、仕舞い込まれてきたものも多い。

しかし焼きものの種類やブランドにはあまり興味がないので、実はその価値はよく分かっていない。私はただ、このカップで美味しい珈琲《コーヒー》を楽しめればそれでいい。それだけだ。

「ほー。なかなか壮観だな、さくら」

不意に声を掛けられて、弾かれるように窓を向いた。

恋文屋の窓は外がよく見える大きな一枚硝子《がらす》だけど、上部に換気窓があり、端っこにはカフェ専用の硝子《がらす》扉がある。彼はそこに立っていた。

「お、猫様」

昨日と同じ神職《しんしょく》の格好の彼。開けっぱなしだった硝子《がらす》扉からするりと店内へ入ると、ちゃっかり私の隣に並んだ。

「今日は何をやっているのだ?」

「カフェの準備です」

隣に立つお猫様の足下は足袋《たび》と草履《ぞうり》。だけどさっきは、声を掛けられるまで全く存在に気が付かなかった。外は玉砂利敷きで私が歩くとジャリジャリ音がするのに、さすがは猫だ。本当に足音がしないのだなと感心してしまう。

「さくら、かふぇ……とは?」

「えっと、喫茶店《きっさてん》……で分かります? ここは珈琲《コーヒー》を出すお店なんですけど……」

「ああ、茶屋か? 昔もあったな」

窓から入る風で髪をサラサラ揺らすその頭には、昨夜のような耳はなく尻尾も見えていない。懐かしそうに細めた目だって勿論、光っていない。こうしている姿はまんま若い神職《しんしょく》さんだ。文字通り『ちょっと珍しい毛色の』ではあるのだけど。

「ところでこのカップ……？　これを全て使うのか？　席はそれほど多くないようだが」

「あ、これはお客様に好きなカップを選んでいただこうと思ってるんです。その時の気分とか、好きな色とか……あるでしょう？　お気に入りのカップでいただく珈琲《コーヒー》は、それだけで味が変わると思うんです」

でもこのやり方はちょっと手間と時間が掛かりそうなので、人が少ない時限定にしようと思っている。もし大繁盛《だいはんじょう》！　となったら、私のほうでお客様の雰囲気に合いそうなものを選んで出すのがいいだろう。

「味が変わる……？　そんなものか」

お猫様は並ぶカップを見つめ、不思議そうな顔で呟いた。

「俺にはよく分からないな」

「そうですか？」

気のせいだろうか、なんだかお猫様の横顔がちょっと寂しそうに見える。

「俺は食器を選んだことがない。社《やしろ》に上がるお供えは大体同じ白い食器だし、自分のお気に入りを考えたことがない」

「あ……」

そうだった。今日は耳や尻尾がないから意識していなかったけど、この人は人ではないのだ。

「そうか。さくらはそう思って食器を選ぶのか。ああ、その服も昨日とは違うな。——そうか、人は自ら選び、毎日違うものを着るものだったなぁ」

「お猫様は？　その着物は……」

「ああ、これは昔から神社《ここ》の者がな。毎年新しいものを奉納してくれるのだ。俺は社《やしろ》に供えられたものしか手にできない決まりだからな」

「だから神職《しんしょく》の格好をしていたんですね……」

「奉納恋文の配達人に似合いの格好だろう？」

彼は自分では何も選べないし、手にできないのか。『恋文やしろ』のお猫様として長年崇《あが》め奉《たてまつ》られているのに。

でも神様ではないし、だからといって只の猫でもない。とても半端で、どちらでもある存在。

——ああ、そうか。こういうあやふやな存在を『あやかし』というのか。

不思議な色合いの髪と瞳を見上げてそう思った。あやふやで、だけど決まりに縛られて不自由そうなのに、しかし猫の本性なのか、お猫様は飄々《ひょうひょう》としていて自由に見える。まるで窮屈《きゅうくつ》さなんて感じていないように。

けれど私の中には、お猫様の何気ない一言という小石が起こした波紋がじわりと広がっていた。何故だろうか？　ちょっと苦々しい気持ち。

「さくら？　俯いてどうした？」

お猫様は塀《へい》の上の猫がするように、首を大きく傾け私を覗き込む。

「いえ、ちょっと考え事をしてしまって……。あ、そうだお猫様。このカップの中から好きなものを選んでみませんか？」

「ん？　しかし、これは客のためのものだろう？」

「じゃあ、今からお猫様がお客様になってみませんか？　まだ準備中なので珈琲《コーヒー》は一種類しかないけど……ね？　この中から『お気に入り』を探してみて、そのうち自分のための一客を選んでみません？　私がお猫様に奉納しますから！」

「自分のため……」

お猫様は綺麗な目をパチパチ瞬《またた》いて、ゆっくり視線を棚に滑らせた。

「では——……あの藍色のカップにしよう」

そう言って、棚の最上段の一客を指さした。

「はい！ それでは……」

私はカウンター内に入り、その藍色に手を伸ばす。するとひょこひょこ後ろを付いてきていたお猫様がポツリと言った。

「さくら、俺が取ってもよいか？」

「え？ あ、はい。どうぞ」

スススッと場所を譲り見ていると、私が腕を目一杯伸ばしてやっと届く棚に、お猫様の腕は余裕で届きカップを手にした。

そしてお猫様は、選んだカップを顔前に捧げ持ち、嬉しそうに目を細める。その姿はまるで、初めて宝物を手にした子供のようで、なんだかとても可愛い。

ああ、昔は私よりもずっとずっとお兄さんだったのに、今は同じ歳くらいの外見だし、微笑ましいこんな姿はやっぱり年下にも思えてしまう。

まぁ本当は、年上どころじゃないほど年上なのだけど。

「さくら。さあ、珈琲《コーヒー》を淹《い》れてくれ」

焦げ茶色のカウンターにお猫様の『初めてのお気に入り』が静かに置かれた。

お猫様が選んだのは、深い藍色のカップとソーサー。少し厚みのある焼きものだけど、重くなくて持ちやすい、私もお気に入りの一客だ。

「はい。ではそちらのお席にどうぞ」

「ん？　ああ」

勧めたのは、外がよく見える一番端のカウンター席だ。するとお猫様は、まだ何もないカウンターをひらりと飛び越えて、ちょっと高いスツールにストンと座った。

さすがは猫。身のこなしが軽くてしなやかだ。

「では、ご用意しますね。少し時間がかかりますけどいいですか？」

「ああ、構わない」

私はお気に入りの珈琲《コーヒー》ミルを棚から出す。豆はキャニスターに入った私の定番ブレンドを使うことにした。

「……なんだ、珈琲《コーヒー》とは豆だったのか」

「ふふっ、これは加工してこうなってるんですけど、最初は赤い木の実なんですよ？」

「これが？　赤色だと？」

「はい。でもこの珈琲《コーヒー》豆、実は果実の中にある種で、元は白い色をしてるんです」

「このように真っ黒なのに？　何をどうしてこうなったのだ……？」

キャニスターを睨み首を捻《ひね》る仕草が可愛くて、ついクスクスと笑ってしまう。それに指先を丸めた両手を、ちょこんとカウンターに揃えている姿はまるで猫だ。

「ふふ。こんど珈琲《コーヒー》の本をお見せしましょうか？」

「見たい。珈琲《コーヒー》とは謎だな……」

大きな猫は鼻をクンクンさせ、蓋を開けたキャニスターを覗き込む。

「お猫様？　ちょっと頭を引っ込めて見ていてくださいね」

私はスプーンで豆を適量すくい、珈琲《コーヒー》ミルにセットした。お猫様の視線を感じながらゆっくりとハンドルを回し、ゴリゴリ、ゴリゴリ。

「さくら、それは何をしているのだ？　香りが強くなっているが……」

「挽《ひ》いてるんです。珈琲《コーヒー》は粉にしてからお湯で抽出するんですよ」

「なるほど……」

お猫様は珈琲《コーヒー》に興味津々のようだ。豆を挽《ひ》くところを私が初めて見た時と同じ様子で、なんだかその反応が嬉しくてこそばゆい。

「今日はお猫様と私の二人分なので手挽《てび》きにしてみましたが、電動のミルもあるんですよ。私は豆を挽《ひ》く音とこの感触が好きなので、時間がある時はいつも手挽《てび》きなんです」

「ああ、それは分かるかもしれん。そのゴリゴリという音はなんとも心地よい。俺もやってみたいものだ」

「ええ、今度ぜひ」

珈琲《コーヒー》ミルの仕組みは簡単だ。ハンドルを回すと中で珈琲《コーヒー》豆が砕かれて、下の引き出しに粉になった珈琲《コーヒー》が落ちて溜まる。

音と感触からそろそろだなと、私は引き出しを開ける。トントン、と指で優しく叩き粉になった珈琲《コーヒー》を隅に集めて、セットしておいたドリッパーにそうっと落とす。

「不思議な香りだ。香ばしくて、芳《かぐわ》しい」

「ええ。珈琲《コーヒー》は炒ってありますからね」

「なんとも手間暇を掛けた飲み物だなぁ」

お猫様はちょっと呆れたように笑い、楽しそうな瞳でこちらを覗いている。

「もう少し待っててくださいね。そうだ、これ先に……お茶菓子にどうぞ。市販のクッキーですけど………あっ⁉」

「な、なんだ？　どうしたさくら」

私は今更、とんでもないことに気が付いた。このクッキー……シナモンが効いているのだ。それに珈琲《コーヒー》だって……！

「お猫様、お猫様って猫ですよね⁉　あの、珈琲《コーヒー》飲めますか……⁉」

「ん？」

お猫様は眉根を寄せ、曖昧《あいまい》に小首を傾げた。

「だって、猫って珈琲《コーヒー》なんか飲んじゃ駄目じゃないですか……！」

シナモンのような香辛料だって駄目なはずだ。猫を飼ったことはないけど、猫好きの友人が色々と猫うんちくを言っていたので知っている。

「……はぁ。何かと思えばそのようなことか。よいか？　さくら。俺は猫ではなくて猫又だ」

「尻尾が二つある、猫ですよね？」

「猫でもあるが、化けているのだからもう猫ではない。何を食べても大丈夫だ。ほれ、早くそれをよこして、お前は珈琲《コーヒー》を淹《い》れてくれ」

そう言うとお猫様は、クッキーの包装をそーっと破いて匂いを嗅ぐ。

あ、ちょっと顔をしかめてる。やっぱり食べることができても、香りが強すぎるものは苦手なのかもしれない？　何か他のものを……と思ったが、お猫様は恐る恐る一口、クッキーに齧《かじ》り付いた。

「……うん。美味い！」

パァッと瞳を輝かせ呟いた。そしてパリパリ、パリッと、あっという間に一枚を食べ切った。

「おかわりお出ししましょうか？　お猫様？」

「頼む」

私は同じクッキーを一枚、それからカラフルな飴を小皿に載せて出した。きっとまたすぐにクッキーを食べちゃいそうだから……飴ならしばらくもつだろう。

「お猫様、クッキーは私が珈琲《コーヒー》を淹《い》れ終えるまで待ってくださいね？」

「む……そうか、分かった」

ちょっとシュンとしつつ、お猫様は小さな飴を口に放り込んだ。これは長い棒状になった飴を一口サイズに切った、西洋風の金太郎飴？　のようなものだ。切ると出てくる絵柄が可愛くて気に入っている。

「黒猫の絵は葡萄《ぶどう》味か。さくら、他の猫はいないのか？」

お猫様は飴を摘まみ上げ、一つ一つ絵柄を見ては匂いを嗅いでいる。彼の興味はもう、キラキラ輝く飴に移ったようだ。

猫ではない、なんてお猫様は言ったけど、こんな移り気なところはやっぱり猫っぽいなと、私はこっそり微笑んだ。


トポトポと時間を掛けてお湯を注ぎ、ゆっくりと珈琲《コーヒー》を抽出してやる。しかし手順はいつもと同じなのになんだか緊張してしまう。この『恋文屋』で淹《い》れる初めての珈琲《コーヒー》だからだろうか？　それともカウンターに座るお客様のせいだろうか。

初めて自分で選んだカップで飲むのだから、とびきり美味しい珈琲《コーヒー》を淹《い》れてあげたい。私は落ちる褐色の雫を見守りながら、チラリと目線を上げた。

不思議な毛色と、不思議な瞳の色をしたお猫様。再会してからはまだ猫の姿を見ていないけど、彼の持つ色は紛れもなく、私が腕に抱いていた『ネコさん』と同じものだ。そして昔と変わらぬ神職《しんしょく》姿のその腕は、幼い私を抱き上げてくれたものでもある。

「ん？　さくら、どうかしたか？」

不意に目が合って、お猫様は私に微笑みかけるとゆっくり目を閉じ、そして開けた。とても時間を掛けた瞬《まばた》き。これは……！　この仕草は、猫好きの友人に散々自慢されたから知っている。猫の愛情表現の一つだ。『目を合わせて「大好きだよ」って言ってるんだよ！』と、鼻息荒く話していたアレだ。

『お返しすると喜んでくれるんだよ！』と言い、猫に向かって『ゆっくり瞬《まばた》き』を返していた友人の姿を思い出し、私も真似てお猫様に『ゆっくり瞬《まばた》き』を返してみた。するとお猫様は、嬉しそうにもう一度『ゆっくり瞬《まばた》き』を返してくれる。

――トクン。思わず私の心臓が鳴ってしまった。

こんな嬉しそうな笑顔の『ゆっくり瞬き《まばた》』を貰ってしまったら、抗《あらが》いようがないと思う。これは不可抗力だ。

私は慌ててドリッパーに目を落とし、小さく深呼吸をした。今ときめいてしまったのは猫の可愛らしい仕草を見たからだ。まさか、この人の形をしたお猫様に対して胸を高鳴らせたわけじゃない。そんな畏《おそ》れ多いことなんかじゃない。

そう、心の中で呟き頷いた。

「お待たせしました。『さくらブレンド』です」

「ほおー？　ブレンド？　とはなんだ？」

お猫様はゆらゆら立った湯気に乗った香りを嗅ぐ。

「私好みに、いくつかの珈琲《コーヒー》豆を混ぜたものです」

「そうか。いや……実はなさくら、言いそびれていたのだが……俺は珈琲《コーヒー》が苦手なのだ。……すまん」

「え、お猫様、珈琲《コーヒー》を飲んだことあったんですね。もしかして苦いのが駄目でした？」

「む？　いや、凄く甘いだろう？　これは」

お猫様は眉間にキュッと皺《しわ》を寄せ、困り顔でそう言った。

「凄く甘い……？」

どういうことだろう？　と、そう思ったところで、ふとお社《やしろ》が目に入った。恋文やしろの前には恋文を奉納する箱と、お供えの台が置かれている。

「……あっ！」

お猫様が言う『甘い珈琲《コーヒー》』は、缶珈琲《コーヒー》のことでは？　あれは『微糖』と書いてあっても結構甘い。

「お猫様。これは今まで飲んだ珈琲《コーヒー》とはちょっと違うと思います。騙されたと思って飲んでみてくれませんか？　ね？」

「……本当か？　今までもだな、せっかくの供えものだと何度も飲んではみたが……――む？」

一口飲んで、目を見開いた。お猫様の青と碧《みどり》の瞳がキラキラしている。

「ね？　甘くないでしょう？」

「そうだな。しかし――」

お猫様はチロリとその赤い舌を出した。

「熱い。あと……ちょっと苦いな」

「ああ、じゃあミルクを入れましょうか。苦みも和らぐし、ちょっと冷めるから飲みやすくなると思いますよ！」

それからお猫様は、ミルクを少しと角砂糖を半分落として、初めて自分で選んだカップで、初めて自分好みの珈琲《コーヒー》を飲んだ。

それにしても『Ｃａｆｅ　恋文屋』の初めてのお客様がお猫様だなんて、とっても縁起がいい。きっと、きっと、ここで書いた恋文は、縁結びの神様へちゃんと届くだろう。

◆

私は一杯の珈琲《コーヒー》をお猫様と楽しんだ後、持ち込んだ備品を仕舞ったり、レジ設置の連絡を取ったり、細々とした作業を淡々と進めていった。

「よし。連絡関係は大体完了かな。あと残ってるのは……ショップカードか」

これは既に発注済み。でも到着予定は開店予定前日ギリギリの金曜だから、間に合うかちょっと不安。だけどレジ前に、可愛いショップカードがあったらつい手に取りたくなるものだし、記念として持ち帰る人もいる。恋文屋の便箋《びんせん》はお土産《みやげ》としての購入も考えられるから、お店のアピールとして添えたいなと思って、急遽頼んでみたのだ。

「ふふ、届くのが楽しみだなあ」

建物や設備、恋文屋の準備はお爺ちゃんのほうで進めてくれていたけど、カフェと細かい部分の準備は私。事前の準備期間が短かったから、私のスケジュール帳は書き込んだ予定と『済』の印でいっぱいだ。だけどこの真っ黒なページは達成感があってなんだか嬉しい。

「さくら」

「はい？」

「何やらご機嫌だなあ。さくら？」

ハッと顔を上げると、二杯目のカフェオレを楽しんでいたお猫様が頬杖をつき、私を見て微笑んでいた。

「お猫様……あの、恥ずかしいので観察しないでください」

「ははは、さくらがちょこちょこ動いているのが可愛くてな」

「か、可愛いって……もう私も大人なんですから、可愛いはないです……」

むしろ可愛いのはお猫様だ！　と私は思う。

だって結局、珈琲《コーヒー》は砂糖を少しとミルクをたっぷり入れたカフェオレだし、二杯目用に選んだカップは愛らしい猫の足跡柄。ぴったり過ぎて可愛いではないか。まあ……そんな可愛いお猫様ご本人は、カウンターに座っているだけで絵になるくらい格好いいのだけど。

「そういえば、さくらの名字はなんといったか？」

「え？　『弓形《ゆみなり》』ですよ。元々はこの坂上神社にお仕えしていた家みたいですね」

「ああ、ああ、そうだった。百合子《ゆりこ》が嫁いだのは弓形家だったたな」

お猫様はうんうん頷き懐かしそうに目を細めた。

『百合子』というのは私の祖母のことだ。社《やしろ》のお爺ちゃんの姉にあたる。

きっと祖母もお爺ちゃんも、弓形の祖父も。小さな頃からお猫様と一緒に過ごしたのだろう。だって私には、祖父母と社《やしろ》のお爺ちゃんと私、そしてお猫様の五人で焚火《たきび》を囲んだ記憶があるのだから。

「そうだ、私もお猫様のお名前を伺ってもよろしいですか？」

「いや……」

お猫様は口篭《くちご》もり、淡い色の睫毛《まつげ》を伏せカップを置く。

「人ではない者にとって、名は『縛る』もの。さくら、残念だがお前には教えられないのだ」

ちょっと哀しそうな笑顔でそう言った。

――名は『縛る』もの？　それはどういう意味だろう？

「すまんな、さくら」

「いえ、そうなんですね。ごめんなさい。……あの、でも、『縛る』ってどういうことなのかは……聞いても？」

「ああ、それは構わん。しかしそうか、今のお前たちにそのような感覚はないのか……」

お猫様は唇に指を添え僅かに首を傾げた。「どのように説明すればよいか……」と呟いているので、私にも分かる言い回しを考えてくれているようだ。

「特にあやかしにとって、名を教えるということは己を差し出すことに等しいのだよ」

「己を差し出すことに等しい……？」

噛み砕いてくれてもよく分からなくて、私はオウム返しをして大きく首を傾げてしまう。

「うーん……そうだな、さくらたち人は生まれた時から人間だが、俺たち『あやかし』は違う。例えば俺の本性は猫だが、姫に大事にされ役目をもらい、それを全うした褒美《ほうび》から『恋文やしろ』に祀《まつ》られた。そして『お猫様』と呼ばれ、やがて二又尻尾のあやかしとなったのだ」

「へぇ……。お役目と名前がお猫様を形作っている……ということでしょうか？　ん？　でもお猫様の名前って『お猫様』じゃないですよね？」

「勿論。姫に頂いた名がちゃーんとある。名は最短の『呪《しゅ》』だ。大切に秘さねばならない」

「しゅ？」

「呪文、呪い、と言えば分かるか？」

「ああ！　はい」

「俺は姫の猫だから、主《あるじ》がくれた名が俺という『あやかし』を作っているのだよ」

「『お猫様』というお役目を頂いた、姫君の飼い猫のあやかしさん……という感じですか？」

「まあ、そのようなものか。名は、俺が俺である確かな証明だ。名がなくともお猫様では在《あ》れるが、名がなければ俺ではいられない」

難しい……。やっぱりなんとなくしか分からない。私が私である証明って……なんだろう？　うーん……戸籍とか？

戸籍がなくたって、私という存在は無くならない。だけど私という存在は少しあやふやなものになるかもしれない。戸籍が無かったら、書類上に私は存在しなくなってしまう。それでは私の存在を証明することが難しくなってしまう。

でも、きっと、お猫様にとっての名前はそれ以上に重要なものだろうと思う。だって、『呪《しゅ》』『呪い』なんていう、ちょっと恐ろしいものなのだから。

「もしもですけど、名前が誰かに知られてしまったら、お猫様はどうなるんですか？」

「どうなるかな。姫の飼い猫から、その誰かの飼い猫になってしまうかもしれんなぁ」

「か、飼い猫って……」

言い方……！　そんな綺麗な顔でサラッと言っていい言葉じゃない。ううん、格好よいお猫様だからこそ誤解されること必至だ……！

「お猫様。人前で『俺は姫の飼い猫』とか言っちゃ駄目ですからね？　お猫様と坂上神社のイメージに関わりますからね？」

「む？」

姫君の飼い猫さんはコテンと首を傾けた。

これは全く分かっていなそうだけど……まぁ、いいか。浮世離れしたその雰囲気で言うのなら、悪くないかもしれない。

「でも、私はお猫様の名前を呼べないの……ちょっと残念です」

「そうか」

「はい。それに平安時代の姫君が付けた名前なら、きっと雅《みやび》で素敵な名前ですよね！」

「ああ、そうだな」

そう頷いたお猫様の顔は、今日一の嬉しそうな笑顔。陳腐《ちんぷ》な表現だけど、本当にキラキラと輝いて見えて、思わずちょっぴりドキリとさせられてしまった。だって、嬉しさや愛しさが滲《にじ》み出ていて、フワァッと幸せが香り立つようで——

「……お猫様もお気に入りの名前なんですね」

「ん？」

「だって、すごくいい笑顔。お猫様——」

「さくら、俺のことは昔のように呼べばよい」

「え？　昔って……」

「『ネコさん』でよい」

「いえ、それはちょっと……不敬？　じゃないですか？」

「いいや。それこそ俺のお気に入りの名だ。可愛いお前から貰った呼び名だからな」

ドキリ。

今度は明確に、心臓が音を立てた。ちょっとぎこちない、転げ落ちるような音だった。

——いやだ、これはちょっと不穏な音だ。この、ほんの少し心臓の奥をキュッと抓《つね》られているような余韻、ほのかに頬に感じる熱。

「ほら、呼んでみてごらん。さくら」

私はまだ少し転びそうな心音に戸惑いつつ、促されてその呼び名を舌に乗せた。

「……ネコさん」

なんだか恥ずかしくて必要以上に小声になってしまったけど、ネコさんはくすぐったそうな、嬉しそうな顔で微笑む。

「うん。その呼び名がよい。それから、さくら。昔のように気軽に話してほしい。敬語はやめてくれ」

「えっと……はい」

「ん？」

「あ、うん。わかった、ネコさん」

「ん」

春の始まりのまだ少し冷たい風が、ネコさんの柔らかな前髪と、私の硬い黒髪を揺らしていた。


午後からは、カフェで出すフードメニューの最終試作をすることにした。

そうとなればまずは買い出し！　この辺りは、近くのスーパーで質の良い野菜や食材が手に入る。これからここで暮らすんだし……と、店内を一周して品揃えの確認もして、ついでにお昼ごはんも買った。お惣菜《そうざい》もお弁当も豊富で美味しそうで、いい所に越してきた！　と思った。

「さて、早速試作してみよう！」

作るのは『ケークサレ』と『パウンドケーキ』の二種類。この二つは、大雑把《おおざっぱ》にいうと甘いか甘くないかしか違いがない。だから材料費を節約できて作業効率を上げられるので、私の小さなカフェにはもってこいのメニューだ。

それにカフェにオーブンを置く場所はないので、トースターで温めて提供するだけになる。自室のキッチンで作れることは、メニュー選びにおいて重要な要素だ。

「玉葱《たまねぎ》、ベーコン、バター、卵にチーズ……あ、あとこれも入れようかな。彩りがよくなるよね」

手に取ったのは『今日のおすすめ』だったブロッコリー。あのスーパーは地元の農家さんからも仕入れているそうで、お得な上に新鮮な泥付き野菜も多い。それからこの辺りでは、珍しい西洋野菜の栽培が盛んらしく、ブランド野菜として売られていた。

「慣れてきたら変わった食材にもチャレンジしてみたいなぁ」

色鮮やかな見慣れぬ野菜が多かったし食用の花もあった。地味目なパウンドケーキやケークサレだけど、それらを使えば華やかできっと女性にウケるだろう。

「よーし、まずは切りますか」

私は髪を結び、エプロンを着けた。まずは少し手間がかかるケークサレからだ。

玉葱《たまねぎ》を薄切りにし、ベーコンは一・五センチ程度の大きさで同じように薄切りに。ブロックベーコンを角切りにしてもいいかな？　とも思ったのだけど、口当たりを考えて薄切りにした。それにこれ、どっしりとした味が人気の地元ハムメーカーのものなので、薄切りでも十分味を楽しめる。

まずは玉葱《たまねぎ》をバターで炒めてしんなりのきつね色になったら、フライパンから出して少し置いておく。

『ピッピッピッ』

「あ、ブロッコリーできた」

お買い得だったブロッコリーは茹《ゆ》でずにレンジ調理にした。そのほうが栄養素が流れ出ないし、洗い物を減らせるので私は断然、茹《ゆ》でよりレンジ派だ。

火が通ったブロッコリーは食べやすいように少し小さめに刻んでやる。そしてこれもちょっと置いておき、次はベーコンを炒めよう。ベーコンはさっき玉葱《たまねぎ》を炒めたフライパンをそのまま使う。ベーコン自身の脂もあるので、残ったバターの香りをまとわせる程度が丁度いい。

「よし、できた。そしたら次は……卵二つ、牛乳、オリーブオイルに塩胡椒を少々。あとはパルメザンチーズ……と」

ボウルに入れたそれらを菜箸でシャカシャカッと混ぜる。そしたらそこへ炒めておいた具材と、下準備済みの小麦粉とベーキングパウダーを投入し、さっくりと混ぜ合わせる。

「あとは型に入れて……」

長方形の型に流し込んだ。うん、これであとは焼くだけだけど……

「次はパウンドケーキ！」

どうせなら二本一緒に焼いたほうが電気代の節約にもなっていい。私はボウルに溶かしたバターと砂糖を入れ混ぜる。そこに卵を落として混ぜ合わせたら、次は具材だ。

「今日は～……バナナ！　千切ってフォークで潰しちゃおう」

私はしっかり生地と混ざっているほうが好きなのでこの作り方だ。あと、小さめキッチンで作業スペースが限られているし、洗い物も増やしたくないので……ね。

ここからはケークサレと同じ。粉を入れ混ぜて型に流し込む。ああそうだった、テーブルにトントン、と落として空気を抜いてあげないと！

「よし、あとは焼くだけ……」

予熱済みのオーブンに二つの型を並べ入れ、スタートボタンを押して「ふぅ」と一息吐いた。

焼き上がりまでは三十分。私はその間に遅い昼食を取ることにした。

「ん～……！　スーパーのお寿司だけど美味しい……！　海の近くっていいなぁ」

気軽なパック寿司なのにエンガワなんかが入っているし、甘いし、あとこの鯵《あじ》とカツオ！

臭みが全然ない。いつも味気なさを感じるイカも柔らかくて甘くて……わ、この鮪《まぐろ》の赤身も厚くて水っぽさなんて全くなくて美味しい。イクラもプッチプチだし、炙《あぶ》りサーモンも脂がトロォって……！

「はぁ～……玉子まで美味しいし！」

全部が近くの漁港で上がったものではないだろうけど、ここでの生活が更に楽しみになってくる味だ。

「野菜も魚も良いとか……天ぷらも美味しそう……あ、今度シラス丼食べに行こう」

私はスマホで近所の美味しいお店チェックをしながら、のんびり焼き上がりを待った。

「さくら、よい匂いだな？」

突然の声に顔を上げると、窓からネコさんが顔を出しこちらを覗き込んでいた。

「ネコさん⁉　えっ、ここ三階……！　どうやって⁉」

「ん？　その辺りの木を伝って……」

「えっ、危ないでしょ⁉　それに人に見られたら完全な不審者だよ⁉」

平日は参拝者が少ないとはいえ、境内《けいだい》に人目がないわけではないのだ。

「ああ、それは心配ない。見せようと思っていなければ、俺の姿は普通の者には見えないからな」

「……え？」

ネコさんは窓枠をヒョイッと乗り越え室内へ。その足下は草履《ぞうり》ではなく足袋《たび》だ。

「さくらは視える者だから気付いていなかったのだな。基本的に、この神社と縁がある者でなければ俺の姿は見えない。まぁ、本人の資質もあるのか、ここでも今視えるのは小治郎とさくらだけだがな」

「えっ」

私とお爺ちゃんだけ？　ああでも、そうじゃなきゃネコさんの存在はもっと知れ渡っていそうだよね。だってネコさんは綺麗で目立つもの。

「ん？　じゃあ午前中の私を誰かが見ていたら……私は一人で喋って、誰もいないカウンターに珈琲《コーヒー》を出して笑っていた……ってことになるの⁉　危なかった……！」

「何が危なかったのだ？」

「何がって、何もないところに向かって一人で話してたら、ちょっと怖いでしょう？」

「ああ、そうか。では今後、さくらの店にいる時は誰にでも見えるようにしよう。それならまた共に珈琲《コーヒー》を楽しめるな？」

「う、うん」

ネコさんは私の向かい側に腰掛けて、じっとこちらを見つめ微笑んでいる。

その仕草はまるで猫。いや、この人は猫そのものなんだけど……猫が何かをじっと見つめている、あの姿そのものだ。それに今だけじゃない。突然スリッと擦り寄ってきたかと思えば気紛れに姿を消して、そしてまた、不意打ちでこんな風に甘えるように見つめてくる。人の姿をしているくせに猫らしく振る舞うのは程々にしてほしい。再会してまだ二日目だけど、まったく、本当に、色々と不意打ちが多くて心臓が驚きっぱなしだ。

「あ、そういえばネコさん、ごはんはどうしてるの？　お昼ごはんをよかったら一緒にと思ってたんだけど……いつの間にかいなくなっちゃったでしょう？」

「ああ、食事は特には……」

「え？　もしかして食べてないの……？　え、食べないで大丈夫なの⁉」

でもクッキーは気に入ってたし、珈琲《コーヒー》だって美味しそうに飲んでいた。食べられないわけではないはずだ。

「俺は祀《まつ》られたあやかしだからなぁ。供えられた物は頂くが……ほれ、それは祈りが込められた奉納品だから、食事というより力になるものという感覚だな」

「そういうものなんだ……。じゃあネコさん、お腹は空いてないんだよね？」

「空いてはいない。が、美味そうな匂いは分かるぞ？」

ニヤリ笑うと、オーブンが『ピピッ、ピピッ』と焼き上がりを告げた。

「――うん、いい感じ！」

テーブルの上で型を引っ繰り返し中身を出してやる。まずは『玉葱《たまねぎ》とベーコンのケークサレ』から。一・五センチ程度の厚さで切ってみると、包丁が通る感触は狙い通りしっとりしている。燻《いぶ》されたベーコンとバターの香りと、玉葱《たまねぎ》の甘やかな匂いも堪らない。

「さくら、これはなんだ？」

「ふふ、これは『ケークサレ』！　お店で出す前にネコさんとお爺ちゃんに試食してもらいたくって」

「ほおー小治郎にもか。実に美味そうな匂いだが……」

ネコさんはクンクンと大袈裟《おおげさ》に鼻を鳴らす。

「小治郎は甘い物は苦手では？」

その鼻先はもう一本の、まったりと甘い匂いを漂わせるパウンドケーキへ。飾りも兼ね、焼き型の底に敷いたバナナはちょっぴり焦げていて、香ばしさがよいアクセントになっている。我ながら絶妙な焼き加減で、出来上がりにニンマリとしてしまう。

「『バナナのパウンドケーキ』はそんなに甘くないから、お爺ちゃんもきっと大丈夫」

こちらも同じように切り皿に取り分ける。まだお仕事中だろうお爺ちゃんには後で持って行こう。まあ、本当は一晩寝かせたほうが美味しくなるんだけど、あまり時間もないので今回は、ね。

「さあ、ネコさん。試食してみよ！」

◆

「あ、美味しい！」

食べた瞬間、素直にそんな声が出た。だけど重要なのは、単品で美味しいかどうかではない。これはカフェメニューなのだ。

私は珈琲《コーヒー》を一口飲んで、ケークサレをもう一度パクリ。向かい合って試食するネコさんも、私を真似て珈琲《コーヒー》を飲み、ゆっくり咀嚼《そしゃく》しながら視線をうろつかせている。

「……うん。うん！　やっぱり美味しい」

バターをたっぷり使ったけど、玉葱《たまねぎ》の甘みと重なって味の深みになってるし、ベーコンの焼き具合も丁度いい。硬くなっちゃうかなと心配したけど、これもバターか生地のおかげか、パサつきもなくちゃんと肉感もあって美味しい。

それに切り分けたその見た目もいい。生地の黄色にベーコンの赤、そして緑のブロッコリー。綺麗だし美味しそうに見える。

「んー……でもバジルとかちょっとアクセントになるものを添えてもいいかなぁ？　いやでも、香りが強いものは珈琲《コーヒー》の邪魔になっちゃいそう。……ねえ、ネコさんはどう思う？　美味しい？」

もう一口珈琲《コーヒー》を飲み、パクパクと食べ進めている彼に聞いてみた。

お皿の上はもう空で、フォークに刺さったそれが最後のよう。もしかして、男性には一切れじゃ物足りないのだろうか？　お客様はほとんどが女性だと思うけど、もう少し厚めに切るか、二切れにしてもいいかもしれない。

「ああ、美味い！　珈琲《コーヒー》を飲めばさっぱりするし、合うのではないか？　だが俺はもうちょっと食べたいな」

やっぱりそうか。量はお爺ちゃんにも聞いて、利益率も合わせて要検討かな。

「それでは、次はこちらをどうぞ？　あ、珈琲《コーヒー》のおかわりいる？」

「いや、大丈夫だ。……で、この白いのは？　付けて食べるのか？」

ネコさんがフォークで突いたのは生クリーム。バナナのパウンドケーキは優しい甘さなので、甘い物が食べたい人にはちょっと物足りないかと思って添えてみたのだ。

「うん、お好みでね。私はちょっとだけ付けて……」

ああ！　火が通ってトロッと蕩《とろ》けたバナナ美味しい……！

「ん～！　ねっとり食感と生地のしっとり食感がすごくいい！　ね、ネコさんどう？　美味しい？」

「美味い！　ほんのりとした甘さがよいな……！」

あ、目がキラキラと輝いてる。あっ、耳も出てる！　ピーンと立ってるし！　もしかして尻尾も出てるんじゃ……と椅子の下を覗いてみたけど……。あら、出てない。

「……ん？　ふふ！　ネコさん、尻尾ピーンって！　あはは！」

「む？」

目線を戻したその先にあったのだ。見事にピーンと立った二又尻尾が。

背もたれの向こう、ネコさんの肩越しにピンと立ち、先っぽが『ビビビ』と小刻みに震えている。確かこれは、猫が嬉しい時やご機嫌な時のサインだったはず。

「む。わ、笑うことはないだろう……！　あまりにも美味かったのだ！」

「あはは、ごめん。だって嬉しくて……！」

そう、私の作ったものでこんなに喜んでくれるだなんて、嬉しくてついつい笑い声だって出てしまう。

「そうか？　さくらが喜んでくれるのは俺も嬉しい。ふふ、しかしバナナか……。初めて食べたな」

「えっ、本当に？」

「俺へのお供えは何故か魚が多くてな？　果物はほとんど食べたことがないし、あとは猫用の食事だが……あれは匂いはよいが味が薄くてイマイチだな」

「ああ。お猫様だから猫のイメージか……。でも確か奉納されたキャットフードは、近くの保護団体に寄付してるってお爺ちゃんが言ってたね」

「保護団体？」

私は簡単に猫の保護団体の説明をした。それから多分ここだろうと、スマホで地元の保護団体のサイトを見せたら、ネコさんは嬉しそうにはにかみ言った。

「そうか。俺の縄張りの猫たちの糧《かて》になっているのなら、あの味気ないお供えも悪くない」

ところで、益々ご機嫌になったせいだろうか、ネコさんのフォークが止まらない。私としてはもう少し、珈琲《コーヒー》と一緒に食べてみてくれると嬉しいのだけど……？

「うん、美味い。いやいや、美味い。さくら、お代わり」

「えっ、もう食べたの⁉　これ結構お腹に溜まるけど……大丈夫？」

「大丈夫だ。あ、クリームも美味いのでたっぷり欲しい」

唇の端に白いクリームを付けた顔でそんなことを言うので、私は苦笑しつつ、ひと匙《さじ》クリームを盛り足してあげる。

「はい、どうぞ。それから……付いてるよ？」

私は自分の唇の端をトントンと指さし、テーブル越しにティッシュを差し出した。

「む？　食べこぼしていたか……？」

するとネコさんは、目を閉じ私に顔を向けた。猫が心地よい風に鼻先を向け、ヒゲをそよがせている姿に似ている。

「え？」

「ん？　拭いてくれないのか？」

ネコさんはもう一度、顎をツンと突き出して私に催促をする。まったく、こんな風に甘える仕草は猫というよりも子供のようだ。

私よりずーっと長く生きているはずなのに、こんなに甘え上手なのはやっぱり猫だから？

猫ってもっと孤高で我儘《わがまま》でツーンとつれない、そんなイメージだったのだけど……？　ああそれとも、雄猫はこんな感じなのだろうか……？

「えっと……ネコさん、もうちょっと顔上げて」

「ん」

サッと拭いてあげればいいだけなのに、困ったことに私の心臓がまた小さく音を立てていた。唇に触れないようにと、その唇を注視したらなんだか照れてしまって……この人は猫、お猫様、パステル色の三毛猫。そう頭の中で繰り返してなんとかクリームを拭ってあげた。

「うん。ありがとう、さくら」

スーパーで買った普通の生クリームなのに、こんなに美味しい、美味しいと喜ぶ顔を見ていたら、今度ネコさんにケーキ屋さんの生クリームを食べさせてあげてみたくなった。

「ふふっ」

「どうした？　さくら」

たまに目にする猫動画の猫ちゃんのように、『うみゃい、うみゃい』と喜び食べるネコさんの姿を想像してしまったのは内緒だ。ふふっ。

「なんでもない」

「そうか？　ああ、さくら。お代わり」

「えっ、食べるの早い……！　でももうお爺ちゃんの分がなくなっちゃうから、おかわりはこれで最後ね？」

私はまだ切っていなかったケーキにナイフを入れ、切り分ける。お爺ちゃんの分はあるけど、こっそり残しておこうと思った私の『ご褒美《ほうび》』分はなくなってしまった。きっと深夜まででかかるだろう開店準備のご褒美《ほうび》おやつにしようと思ってたのに……！

ネコさんが、私の肩に顎を乗せて呟いた。

「む。残念だ」

立ち上がりこちらを覗きに来たネコさんが、私の肩に顎を乗せて呟いた。

「ネコさん重いです……」

チラッと見上げたところで至近距離の青と碧《みどり》の瞳がにっこり微笑むものだから、手元が狂って生クリームが特盛になってしまった。

「お、よいな！」

よっぽどクリームが気に入っていたのか、ネコさんは私にスリスリッと頬ずりをして、ひょいっとお皿を持って行った。勿論お耳も尻尾もご機嫌のピーン！だ。

「し、心臓に悪い……！」

私は、ほのかに赤くなっているだろう頬を両手でさすり、ドキドキと鳴った心臓を深呼吸で鎮めてやった。

猫の姿での頬ずりなら可愛らしくて大歓迎だけど、人の姿でされるのは本当に……！ネコさんは人間目線での、自分の見目のよさやその魅力をもっと理解したほうがいいと思う。

私はハァ……と溜息を落とし、席へと戻った。

「……ミントを添えるのもいいかな」

パクパクとパウンドケーキを頬張るネコさんとそのお皿を見ていたら、ふと呟きが零れた。

ちょっと彩りが寂しい気がする。ケークサレは生地とベーコンとブロッコリー、三つの色があって目にも賑やかだった。パウンドケーキはバナナも生地も似たような色だしクリームも白。カフェで使う予定のお皿は黒や藍色の濃い色だから、ほとんど単色のバナナのパウンドケーキでも美味しそうには見えるけど……どうにも心にときめきがない。やっぱりテーブルに出した時の「わっ」という喜びが欲しい。

「あ、季節の花を飾りにするのもありかも……？」

この坂上神社には季節毎に様々な花が咲く。桜に始まりサツキやツツジ、菖蒲《あやめ》、藤、秋には華やかな匂いの金木犀《きんもくせい》、花ではないけど銀杏《いちょう》や紅葉もある。冬は赤い南天の実や香る梅。私が知っているだけでもこんなに沢山だ。

「……いいかもしれない」

食や香りは、意外と記憶の中で紐づくものだ。神社にお詣《まい》りした記憶と一緒に、カフェで楽しんだ珈琲《コーヒー》とケーキを思い出として残してもらえたら、私にとってはこの上ない喜びだ。あとリピーターになってくれたら更に嬉しい。

「む？　さくら、なんの話だ？」

ハッと顔を上げると、フォークを舐めながら、ネコさんが首を傾げていた。

「あ、うん。あのね……ケーキのお皿がちょっと地味かなって気になってね？　季節のお花を添えるのもよさそうって思って……」

「なるほど。しかし花には毒を持つものもある。よくよく注意したほうがよい」

「あっ、そっか。そうだよね……」

確か紫陽花《あじさい》や夾竹桃《きょうちくとう》には毒があったはずだ。スーパーで見かけた食用の花を使うか、食用の花を栽培している農家さんを探すべきか。でも……どちらもちょっと予算をオーバーしてしまいそうな気がする。

「そうだ、神社の裏手に菜の花が綺麗な場所があるのを知っているか？　あそこはここの氏子《うじこ》だから、言えば譲ってくれるだろう」

「へぇ～！　菜の花なら食べられるし安心だよね。でもネコさん……よく知ってるね？」

「何を言っている。この辺りは俺の縄張りだぞ？　見回りもすれば散歩もする」

「ああ、ちゃんと猫もやってるんだ……」

境内《けいだい》や近所を歩くお猫様はきっと人気猫だろう。艶々でふわふわの毛並みは綺麗だし、珍しい瞳に長い尻尾もすごく素敵なのだから。

「この辺ってすごく自然が豊かよね。すぐ近くに電車が通ってて、周辺は人気の観光地でもあるのに。あ、今日だってね、スーパーなのに春らしい山菜や菜の花が並んでたし、春キャベツも大きくて重たかったし！　あ、そっか海も近いから……シラスや桜エビの時季にはケークサレに使ってみても面白いかも？」

「はは、随分とやる気だな。さくらは」

「だって……せっかくお爺ちゃんに任されたんだし、カフェは私の夢でもあったし……ね？」

私はお気に入りの豆で淹《い》れた珈琲《コーヒー》をゆっくりと口にし、想像してみる。

カフェがあるのは神社の一角。そしてお店の窓からは、恋文やしろと季節の花を咲かせた境内《けいだい》が見渡せる。

「あの大きな窓から四季折々の景色を眺めて、恋文を書いて、珈琲《コーヒー》と一緒に季節の素材を楽しんでもらう……。素敵なお店になるといいなあ」

ネコさんが仕えた平安の姫君の頃には、恋文に季節の花を添えていたと聞いている。あの時代の手紙は、それはそれは雅《みやび》やかで、使う紙の種類だけでなく、その香りや添える花にまで気を使ったそうだ。

百夜にわたって交わされた恋文にはきっと、いくつもの花が添えられ、いくつもの香りがまとわせてあったのだろう。もしかしたら、美しく咲く花は、願いを込める恋文に力を添えてくれていたかもしれない。

「そうだな。じきに桜の季節も来るし……ああ、そうだ。桜の塩漬けもよいのではないか？このクリームにしょっぱい桜の塩漬けは合いそうだ」

甘いクリームを堪能したネコさんは、ペロリと唇を舐め目を細める。

「あ、いいかも！　桜の塩漬けか……作るのは難しいかもしれないけど、お爺ちゃんなら扱ってるお店を知ってるかな。合わせるのはクリームチーズとか……それとも、やっぱり彩り用にハーブを育てようかな？　種と土はホームセンターかぁ」

「む、畑を作るのか？　よし、俺が耕してやろう」

「えっ、ネコさんが？　あ、猫って掘るの得意……？」

「いや、人型でやるぞ？　勿論」

色白の腕をまくってやる気を見せるが、なんだか力仕事は似合わなそうだ。

「ふふ。でもハーブはプランター……鉢で十分なの。用途も飾りとか香り付け程度だしね」

「そうか」

楽しげに立っていた耳が、ちょっと残念そうに垂れた。尻尾もだ。

「他には何かないか？　猫は掘るだけでなく高い場所も得意だし、身軽だし、色々とできるぞ？」

これは……もしかしてネコさん、一緒に作業をしてみたいとか？

そういえば、午前中もお店の準備を見に来てくれていたし、さっき焼き上がりを待つ間も、ソワソワと手持ち無沙汰《ぶさた》で何かをしたそうだった気もする。

「あの、ネコさん。よかったら恋文屋のお手伝い……してみますか？」

「する」

あまりの即答にふき出しそうだった。考える間もなく「する」って答えるなんて！

「あ、でもね、お給料を出すのはちょっと……最初は難しいと思うの」

「給料？　そんなものはいらん。珈琲《コーヒー》とケーキで十分だ。それにな、俺はあの席が気に入ったのだ」

「席？」

今日座ってもらったカウンター席だろうか？　でも、あそこは私が作業する場所に近くて落ち着かなそうだし、陽当たりも景色も、窓側のほうがもっとよさそうなのに。

「ああ。あの席からは桜がよく見える」

開けた窓から、そよ風が吹き込んだ。

ネコさんと私の髪をサラサラと揺らして、乱れた私の前髪を、指を伸ばしたネコさんが撫でて整えてくれた。

こちらを見るネコさんの瞳には私の顔が映っている。

ああ、私はなんて間抜けな顔をしているのだろう。猫に撫でられて、鳩が豆鉄砲を食ったような顔をするなんて。ああでも、鳩にしてみたら猫に撫でられるなんて、それこそ命の危機か。

「それからあの席なら、さくらも、それに恋文を書く者たちの様子も見られるだろう？——ああ、楽しみだ」

そう言い微笑むネコさんは、この神社に千年住まうお猫様の顔をしていた。

三　恋文

「さくら、これでどうだ？」

今日は便箋《びんせん》やペンが届く日。宣言通り手伝いに現れたネコさんは、見事な仕事ぶりを見せてくれていた。

「わ、いい感じです！」

胸を張るネコさんの後ろには、色とりどりの便箋《びんせん》で埋まった陳列棚が。予想以上に種類があってどう並べたものか……と悩んでいたら、ネコさんが「任せろ」と言い、楽しそうにディスプレイを始めたのだ。

並ぶ便箋《びんせん》のセットは、和紙や和柄といった和風なもの、お猫様にちなんだ猫絵柄のもの、シンプルに罫線だけが入ったものもあれば、切り絵や箔押しが施された少し値の張るものもある。

それらをグラデーションになるよう並べたり、離れて見ると市松模様になるようにしたり、引き立て合う色別で並べたり。ネコさんは私が別の作業をしている間に、そんな陳列棚を完成させていた。

「すごい……素敵！」

綺麗で見ているだけで気分が上がる！　こんな素敵な棚から便箋《びんせん》を選ぶ時間は、きっと自分の気持ちをなぞり相手を想う、甘やかな時間になるだろう。

「ネコさんがこんなにディスプレイが上手だなんてびっくり！　はー……参考になります」

「そうか？　姫の衣装や文《ふみ》もよーく見ていたからな。それに千年だぞ？　ここへ来る女子《おなご》たちの色とりどりの着物を見ていれば、このくらいは自然と身に付く」

そんなものだろうか？　ああ、でもネコさんは、恋文配達人として様々な人間を見てきたはずだ。楽しい恋、優しい恋、激しい恋、道ならぬ恋もあったかもしれない。

その観察眼はきっと馬鹿にはできない。私のことだって、気を抜いたら色々と見透かされてしまうかも。

「私も眼をもっと磨かないとだね。ふふっ、カップの陳列もネコさんにお願いしたほうがよかったかな？」

「はは、それはいけない。カフェはさくらの領域だ。俺の手は恋文だけでいっぱいだ」

ネコさんは、沢山の恋文を抱える仕草でおどけてみせる。

「そうですね。よし、じゃあ私はカフェをめいっぱい頑張るから、ネコさんは恋文屋さんのお手伝いをお願いします！」

「勿論。それこそが俺の本分だからな」

あはは！　と、何がそんなに楽しいのか。私たちは笑い合い、軽口を叩きながら準備を続けた。


「おお、これは素晴らしい」

そして夕暮れが迫る頃、ネコさんと珈琲《コーヒー》で一息入れていたら、ガラララと引き戸が開く音がして、恋文屋のほうからお爺ちゃんが顔を出した。

「お爺ちゃん！　ね、便箋《びんせん》の陳列はネコさんがやってくれたの」

「お、猫の手を借りておったか」

「まあな。俺のご利益付きだ」

「ハハ！　正《まさ》に、ですなぁ」

準備が整っていく店内を見るお爺ちゃんの顔は嬉しそうで、よし、絶対に週末の開店予定に間に合わせよう！　と思う。

「それでな、休憩中に悪いんじゃが、こちらのご婦人のために一足早く恋文屋を開いてくれないかの」

そう言ったお爺ちゃんの後ろを見ると、和服姿の女性が立っていた。

薄紫の着物に白木蓮《はくもくれん》が描かれた薄黄色の帯。そしてシャンとした立ち姿に、上品な白髪《はくはつ》のショートヘアが合っている素敵な雰囲気の人だ。

「あ、はい！　それは大丈夫だけど……。あの、まだ完璧には片付いてないのですが、よろしいでしょうか」

私がそう声を掛けると、彼女はにっこり微笑み「ええ」と頷く。

「こちらこそ、本当にいいの？　私ったら奉納する文《ふみ》をうっかり忘れてきてしまってね、恋文屋で書けたらと思ったのだけど……まだ準備中なのに、ごめんなさいね」

「いえ、お気になさらず。恋文屋を思い出していただけて嬉しいです。あの、どうぞお好きなものをゆっくり選んでください。あ、ペンはこちらに……」

突然始まってしまった接客に、私は内心で冷や汗をかいていた。心臓はドキドキ、脚はガクガク。勢いだけで話しているが、できるなら後ろでニコニコと見ているネコさんに代わってもらいたいくらい。いや、せめてお手伝いとして隣にいてくれたら心強いのに！

「ふふ、ありがとう。そうね、どうせなら次も使えるように……ああ、この便箋《びんせん》にしましょうか」

彼女が手に取ったのは、罫線が入っただけのシンプルなもの。枚数の多い、天で綴《と》じられているタイプの便箋《びんせん》だ。

「は、はい！　ではお会計を――」

私はカフェのほうへと案内する。まだレジは動かしていないが、ひとまずだ。

「あら！　珈琲《コーヒー》のいい匂いがすると思っていたら、やっぱりカフェだったのね」

カウンターに座るネコさんが、『Ｃａｆｅ　恋文屋』に気付いた彼女に微笑んだ。

トポトポ、トポポ。

セットしたドリッパーに、円を描くようにしてお湯を注ぐ。緊張でちょっと手が震えてしまっているけど大丈夫、手順は体に染み込んでいる。

「さくら」

囁《ささや》くようなその声に、私はハッと顔を上げた。お気に入りのカウンター席からネコさんが私を覗き込んでいる。

「さくら、大丈夫」

カウンター越しに手を伸ばし、私の震える手にそっと重ねて言う。

「いつも通り、俺に淹《い》れてくれた時と同じようにやればよい。大丈夫」

「……は、はい」

頷く私に目を細め、重ねた手をゆるりと離した。するとどうだろう。お湯の入ったポットをカタカタ鳴らしてしまいそうだった、あの震えが止まっているではないか。

「ありがとう、ネコさん」

「さあ、あの女子《おなご》に美味しい珈琲《コーヒー》を淹《い》れてやるといい」

「――はい！」

こっくりとした色の珈琲《コーヒー》を注ぎ入れ、私は恋文をしたためる彼女のもとへ向かった。

「お待たせしました」

「あら！　いい香りね、ありがとう。でも、本当にお代はいいの？」

彼女は恋文を書く手を止めて私を窺《うかが》い見る。

「はい。実はお店だけでなくて、私もまだ心の準備中なもので……ご試飲いただければ嬉しいです」

お客様が私の珈琲《コーヒー》を気に入ってくれるか、できれば近くで表情を見ていたいけどそれは失礼になるだろう。

それに恋文を書くという大切な時間を、恋文屋の店主ならば邪魔してはいけない。

私は一礼をして、そうっとカウンターの中へ戻った。

◆

「便箋《びんせん》と場所をありがとうね、助かったわ。それから珈琲《コーヒー》もご馳走《ちそう》様！　すっきりしていて美味しくて、私の好みだったわ。開店したらまたお邪魔させて」

「はい！」

彼女の言葉と笑顔に、今度は胸が震えた。

多分、きっと、お世辞じゃなくて本当に美味しいと思ってもらえたのだと思う。よかった。

よかった！

「ありがとうございます……！　お待ちしております」

恋文やしろへ向かった背中を見送って、私はふぅ……と息を吐いた。

「どうした？　さくら。疲れたのか？」

「ううん。ちょっと……嬉しくて！」

それに胸が一杯で笑みが零れ落ちてしまいそうだ。だけど駄目、まだお店は準備中。ここで気を抜いてはならない。

だから私はちょっと熱くて緩む頬を両手で挟み、押さえ込む。

「おいおい、なんて顔をしてるのだ？　ほれ、我慢せずに笑えばよいだろう」

「んん……でも、今笑うと多分、本当にだらしない締まりのない顔になっちゃいそうだし、緊張感が緩んじゃいそうだし……今はこの嬉しさを噛みしめるだけでいいの！」

「まったく……さくらは妙なところで真面目だなぁ」

ネコさんはちょっと呆れたように笑い、私と一緒に着物の後ろ姿を見送っている。

――彼女の恋文が神様へとちゃんと届きますように。そして想い人へも届きますように。

と、そう思って、ふとさっきの言葉が気になった。

「またお邪魔するって言ってくれたけど……」

恋文やしろは繰り返しお詣《まい》りしても問題ないけど……？　ああ、そういえば便箋《びんせん》を選んだ時に「次も使えるように」とも言っていたっけ。

「来週も来ると思うぞ？」

「……え？」

ネコさんが呟いた。

「あの者はな、今年に入ってから毎週、社《やしろ》に恋文を奉納しているのだ」

「毎週……？　それは珍しいことじゃないの？」

隣を見上げると、ネコさんは不思議な笑みを浮かべていた。今までに見たことのない――そう、例えるならマリア像とか仏像とか、聖人や神様の、慈愛と悲哀に満ちた笑みに近い。

「稀《まれ》にだが、そういう者もいる。――あの者の恋文は、いつも面白い」

面白い？　恋文の感想としてはちょっと不思議な表現だ。と言うか――

「やっぱりネコさんって、恋文を読んでるのね？」

「それはお役目だ。神へ届けるには相応《ふさわ》しくないものもあるのでな？　あの者の恋文は……いや、恋文というよりも、あれは日々の報告に近いか」

「日々の報告……？　それは確かに、恋文にしてはちょっと変わってるね」

「ああ。どうやら我らを天との文通に使っているようでな。亡き夫へ言葉を伝えるためにと、毎週ここへ通ってきている」

いつも社《やしろ》の前であれやこれや話していくのだと、ネコさんは凪《な》いだ顔で彼女のことを語った。

連れ添って五十年目での突然の別れだったそうだ。遺言や最期の言葉なんてものもなかったらしい。だが聞けなかったのも、言えなかったのも彼女だけではない。

お別れすることになった旦那様も、最後に最愛の人の言葉を聞くことができなかったのだ。だからあの老婦人は、一人の日々の中、自分の気持ちを整理するために筆を執ったのだという。

「最初の頃の恋文は夫への語りかけでな。ところどころ滲《にじ》んでいて読み難いものだった。毎週、毎週、人の少ない頃合いに訪れては少し語って帰って行く」

それは想像していた『恋文やしろ』の埒《らち》外《がい》の内容で、ショックだった。

私が想像する恋文は、好きな気持ちを伝えるためのもの。だけど、そうだ。恋文やしろは『届かぬ想いを届けてくれる』お社《やしろ》だ。集まる想いはキラキラした恋だけとは限らない。

彼女が中途半端なこの時間に訪れることにそんな理由があっただなんて。滲《にじ》んでいた最初の恋文って、やっぱり涙の跡なんだろうか。

そう思ったら、胸がツキンと痛んだ。

私の珈琲《コーヒー》を美味しいと飲んでくれていた彼女が、そんな手紙を書いていた。もう届かない、だけど伝えたい想いと言葉を綴《つづ》った手紙を……毎週、毎週。

「それは……確かに、恋文だね」

気が付くと、恋文やしろを後にする彼女が私たちに手を振ってくれていた。私たちは手を振り返し、彼女を再び見送った。

「ねえ、ネコさん。彼女の恋文……神様によくよくお願いしてあげてね」

「そうだな」

そして、硝子《がらす》扉を開け店内へ戻る私の後ろで、ネコさんがポツリと言った。

「さくら、恋とはどんなものだろうか」

ザアアと、風が桜の蕾《つぼみ》を揺らした。

「え……？」

「いや、人がこんなにも想いを込める文《ふみ》とは、恋とは一体どのようなものかと……急に気になった」

「急にって……ネコさん、ずっと『恋文配達人』をしてるのに……？」

恋文を届けてお社《やしろ》に祀《まつ》られる身になったお猫様が？　千年も恋文を届け続けているその人が、そんな『恋とはどんなものだろうか』なんて、どこかで聞いたようなフレーズを今になって言うの？

「仕方なかろう。俺は猫だし、あやかしだ。恋などという人間の感情はよく分からん」

「そう……かな？」

「む？」

私はゆるりと首を傾げる。

「だって、猫にも恋の季節ってあるでしょう？　ほら丁度、春先とか……」

「ああ。あれは只の発情だ」

「はっ――」

そんな綺麗な顔で発情なんて言わないでほしい……！　ネコさんは平然としてるけど、なんだか私のほうが照れてしまう。

「そういう本能的なものではなく……『胸を焦がす』『苦しい』『傍《そば》に居たい』。そんな想いを、俺も知ってみたい」

そう言ったネコさんの顔は、なるほど『恋に恋する顔』というものに見えた。

キラキラと輝いていて、口にした『切ない恋する気持ち』には似つかわしくない顔だ。

きっと恋文を読んで得た『恋する気持ち』の知識なのだろうけど、今のネコさんが恋を知るのは難しいんじゃないかな。私はそう思った。

「知れるといいね、恋」

「それには相手が必要だな。さて……どこから調達したものか」

首を捻《ひね》るネコさんを微笑ましく見守って、私は硝子《がらす》扉を閉める。

「私も……楽しい恋をしてみたいかな……」

ぽつりと呟いて、設置したばかりのシェードを下ろした。

願わくは、いつかネコさんが知るかもしれない恋が、優しく温かいものでありますように。

視線の先に見える恋文やしろに向かい、心の中でそう祈った。

◆

恋文屋の準備が一通り終わった金曜の昼下がり。今日の私は社務所でのお手伝いをしていた。

神社仕事なので巫女装束を勧められたけど、「裏方仕事だから！」となんとか回避し、エプロンだけを着けている。

「いよいよ明日から『恋文屋』も開店じゃな。しかし随分と無理をしたんじゃないかね？さくらちゃん」

「いえ、まあ……」

寝ずに、とまではいかないが、睡眠時間をだいぶ削った自覚はある。だけどそのおかげで、今日届く予定のショップカードが届けば準備完了だ。

「でも大丈夫です。私、今凄く楽しいので頑張れちゃいます」

「そうかの？　しかし手伝いまで……少し休んでもよいんじゃよ？」

「ううん、せっかくだから神社のことも知りたいから。あ。ねえ、お爺ちゃん。土曜って参拝客多いですよね？　やっぱり」

「そうじゃなぁ……まあ、このお守りがなくなる程度には多いじゃろうな」

そう言ったお爺ちゃんの前にはお守りの山が。これは『恋文やしろ』にちなんだ『恋文護り』という縁結びのお守りで、可愛らしい封筒の形と、そのご利益で人気になっている。今日のお手伝いは、このお守り作りだ。

「なるほど……。そうだ、ネコさんどこに行ったか知ってます？　ごはんの後また姿が見えなくて……」

「さて。この時間は多分、猫の姿で縄張りの巡回か木の上での見張りじゃ」

お守りを作りつつ、お爺ちゃんはくっくっと笑う。

「ああ、お昼寝ですね」

ネコさんのお気に入りのベッドは、恋文やしろの真上にある桜の木だ。結構高い場所にいたので、初めて見た時には下りられないのでは!?　と心配してしまった。なんでもあの場所は、坂を上ってくる参拝客やご近所猫たちがよく見えて楽しいらしい。

「……ねえ、お爺ちゃん」

「ん？」

「ネコさんって、昔からよく人の姿で神社にいたの？」

私の記憶の中には猫と人の姿、両方のネコさんがいる。

あの頃はまさか同一人物だとは思っていなかったけど、季節毎、ここへ来る度に迎えてくれた優しい毛色の猫と、優しい微笑みの神職《しんしょく》のお兄さんのことはよく覚えている。

しかしだ。私がここに来てネコさんと再会してからは、ずっと人型で私の手伝いをしてくれていて、まだ猫の姿を見ていない。

「今思えばだけど、人の姿のネコさんって何年経っても変わらなかったよね」

「ははは。子供の時分ではその不自然さには気付けまい。爺だってずっと爺だし、自分より年嵩《としかさ》の者はみぃんな大人に見えていたろうて」

「うん」

「さくらちゃんはお猫様と頻繁に会っておったからの～」

「え？　でも年に五、六回ですよ？　そんなに多くないと思うけど……」

「いやいや、だいぶ多いぞ？　ずっとここにおる爺でさえ、お猫様のお顔を拝見するのは年に一度……多くて二度じゃった」

「え？」

お爺ちゃんは目線を手元から上げ、私を見て可笑しそうに笑う。

「お猫様はの、さくらちゃんが来た時にだけ、必ず姿を現してたんじゃよ」

「ええ？」

「きっと今回は嬉しすぎて……ずぅっと人型でさくらちゃんの傍《そば》におるんじゃろうなぁ。まあったく、可愛らしいお猫様よの」

——嬉しすぎて？　確かにいつも楽しそうにしてるとは思うけど……？

そして私は、今日までのネコさんの姿を思い出してみる。

まずは初日の夜、部屋まで私を迎えに来て母屋《おもや》まで送ってくれた。カフェメニューの試食もしてもらったし、お店の掃除や陳列もしてもらった。でもやっぱり、一番楽しそうにしていたのは恋文に関連することだったように思う。

「そう……かな？　私がっていうより、恋文配達の延長って感じに見えたけど……」

「ははは！　さくらちゃんも可愛らしいの。あの方が執着を見せるなんぞ姫君以来のこと。さくらちゃんは、お猫様が何故、未だに恋文を配達しているか分かるかの？」

何故、恋文配達をしているか？

「それは……お役目だから？」

お爺ちゃんはゆるく首を横に振る。

「じゃあ、配達するのが好きだから？」

「まぁ、お嫌いではなかろうがの」

そう言って、しかし再び首を振る。

「うぅ〜ん……」

考え込む私の頭に、「さくら、恋とはどんなものだろうか」と言ったネコさんの声がふと甦《よみがえ》った。

——あんなにずっと恋文を配達していて、その中身も知っていて、お詣《まい》りに来る姿を見てその話も聞いているのに、妙なことを言うなと思った。

だってネコさんは、きっとここにいる誰よりも『恋』をよく知っているし、よく分かるだろうと思っていたからだ。千年、ただの猫から猫又になってまで続けているお仕事のこと。きっと、姫君を見て、沢山の人の恋を眺め知っているから、その重さを知っているからこそ続けているのだと思っていた。

でも『恋に恋する』状態だと知って、私は二度驚いたのだけど。

「うーん、降参です。ねえ、お爺ちゃんは知ってるの？　ネコさんが恋文配達を続ける理由」

「知っておるよ。姫君との約束——契約じゃな」

「……え？」

思いもよらぬ答えだった。

恋文の形のお守りが、私の手の中でカサリと音を立てた。

◆

「おかしいな……まだ届かない」

お手伝いを終え、お爺ちゃんと一緒に食事をした後で、私は部屋の玄関でスマホを睨み座り込んでいた。今日の夜配達予定のショップカードがまだ届かないのだ。

「……あれ？　そういえば」

私はふと気付き、メールを見直してみる。

発注の控え、支払い完了、受注完了のお知らせ、印刷作業開始の連絡も来ている。だけど、これだけ細かく来ているメールの中で『発送のお知らせ』がまだ来ていない。

「あれ？　あ、迷惑メールフォルダに入ってたり……してないか」

おかしい。確かに受け付けから五日で発送って書いて………──

「あ」

サーッと血の気が引いた。

『発送』だ。私がＷｅｂで発注したのは月曜日の朝。ここへ来る電車の中で完了させた。受注が完了したのはその日の夕方。そしてそこから五日で発送される……

五日で到着じゃない、五日目に発送だ。

「ばかだ……」

私は床に額をゴツンと付けてその場に蹲《うずくま》った。なんて初歩的なミス……！　勘違い！　あぁ、申請だ資格だって、短い間にやらなきゃいけない準備があって、加えてお金のこと、その他お店のこともと色々やってたから……！

「せっかく全部の準備が間に合ったのに……！」

ああもう、なんで昨日気が付かなかったのか！　この印刷会社は都内だから、朝一で連絡したら受け取りに行けただろうに！

そう思ったその時、手元のスマホが震え通知が表示された。『メール：件名：発送完了のお知らせ』と。

「ああもう……最悪……」

メールを開くと、到着予定は明日の夜となっていた。それはそうだ。だって私がその時間の配達を希望したのだから。せめて午前中に届けば……と思っても、先方は何も悪くない。

「悪いのは私だ……ああもう……何やってんの……！」

吐き出す声が震えていた。悔しさと不甲斐なさで涙が滲《にじ》む。でも、自分のうっかりミスで泣くなんて嫌だ。私はギュッと拳を握って唇を噛みしめて、蹲《うずくま》って涙を堪える。

「――さくら⁉」

その声に、ビクッと体が震えた。もしかしたら古い漫画のように飛び上がっていたかもしれない。

「……」

ネコさんだ。また窓から入ってきたのだろう。

「さくら！　どうした？　具合が悪いのか？　さくら、さくら！」

ネコさんは悲痛な声で、四つん這いで床に張り付く私に何度も何度も声を掛ける。

「…………」

「さくら！　返事もできないのか」

違う。私は返事ができないんじゃない。しないだけです。

「待て、今、小治郎を――」

「やっ、だめっ……！」

今お爺ちゃんを呼ばれては堪らない……！

私は立ち上がったネコさんの袴《はかま》の裾を掴《つか》み、つい、顔を上げてしまった。

「……さくら⁉」

「み、見ないでぇ……っ！」

私はみっともない顔と情けない声を、ネコさんに晒してしまった。


「なんだ、そのようなことか……よかった」

「よくないです……」

私は鼻をかみつつ、何があったのかをネコさんに話した。

「せっかく準備万端だったのに……最後の最後にやらかすなんて……。もう最悪……」

私は自分で言って再びダメージを受け、その場に突っ伏した。

「さくら、そのしょっぷかーどとは、それほどに無くてはならないものなのか？　店を開けられない程重要なものなのか……？」

「そんなことはないけど……」

そう。そんなことはない。別に無くたってお店は開けられるし、営業に特に支障はない。

そんなことは分かっているけど……でも。

「完璧じゃない……」

「はは、完璧でなくともよいだろう？　幼い頃のようにぶすくれて……まったく変わらないな、さくらは」

ポンポンと頭を優しく撫でられたら、また一つ涙が零れ落ちた。

「ぶすくれてって……そうだけど……」

「あはは、可愛いなあ」

ネコさんに一つずつ問いかけられて、そして笑われて、頭を撫でられて。そしたら急に心が静まった。そしてなんだか、フッと肩が軽くなったような気もする。

「落ち着いたか？　さくら」

「……うん」

私、なんであんなに取り乱したんだろう？　そうだ、ショップカードは無くてはならないものじゃない。それに元々お店は完璧に仕上がっているわけじゃない。まだ足りていないことは他にもある。

まずは明日の開店になんとか間に合わせただけじゃないか。それなのに何を完璧にって……

「どれ、顔を見せてごらん？　ああ、よいな。憑《つ》きものが落ちたような顔をしている」

ネコさんがにっこりと微笑み、涙の跡が残る私の頬をペロリと舐めた。

「憑《つ》きもの？　……ふふっ、くすぐったい」

人型をしているのにネコさんの舌はざりざりとした猫の舌だった。そうか、舌まで化ける必要はないから？　もしかしたら手抜きなのかな？

「ああ。ずっと張りつめていただろう？　俺の目には、さくらの背にべったりと貼り付くよくないものが見えていたよ」

「えっ……何それ、怖い……」

「あはは！　そうだな、恐ろしい恐ろしい。まったくさくらは何に取り憑《つ》かれていたのやら……。あのように思い詰め、夜も寝ずに完璧を目指しては体も心も疲弊《ひへい》してしまう。あれは恐ろしいものだよ」

ネコさんはそう言って、私に頬ずりをして手をさすってくれる。

「……あったかい」

「そうか。さて、立てるか？　いつまでも床に座っていては冷えてしまう」

「うん」

両手を引かれ立ち上がった私の指先は、いつの間にか温まっていた。それになんだか息が吸いやすくなったような気もする。

「さくら、大丈夫か？」

――私、本当になんであんなに自分を追い詰めていたのだろう？

「うん。ネコさん……ごめんなさい」

「いいや。さくらが元気ならそれでよい」

俯く私の脳裏には、昔々の記憶がふと甦《よみがえ》っていた。

駄々をこねて泣く私と、その頭を撫でる神職《しんしょく》のお兄さん。昔のネコさんだ。私は四、五歳だ。だけど、幼い私をなだめて笑うネコさんのその顔は、今と全く同じ。姿かたちも変わらなければ、その表情も一緒。言葉も一緒だ。

『ぶすくれて』

『あはは、可愛いな』

その言葉はどうしてか、私の中のどこかをチリッと焦げ付かせた。そんな気がした。

◆

「それではさくら、俺は散歩に行ってくる」

そんな言葉を残し、ネコさんはまた窓から出ていった。どうやら先程は、夜のお出掛けの途中だったらしい。

私はというと、ネコさんを見送った後お風呂にゆっくり入り、少し早めに布団へ潜《もぐ》り込んでいた。

少し開けてある窓からは綺麗な月が見えている。

ベッドは買ったけど届くのは来週なので、私はまだフローリングの床に布団を敷いて寝ている。春先とはいえ朝夕は冷えるし、寝起きにはちょっと腰も痛い。

「マットレスだけ先に買ってもよかったかな……」

独り言を呟いたその裏で、私は昼に聞いたお爺ちゃんの言葉を考えていた。

『姫君との約束――契約じゃな』

ネコさんが恋文配達をする理由は、好きだとかお役目だとかそんな単純なことではなく、『契約』だなんて。

「無理やり頑張ってるのかな……」

私はさっきの『憑《つ》きもの』が付いていた自分を撫でてくれた、あの手を思い出していた。

ネコさんは姫君を慕っているように思う。だって、姫君に貰った名前の話をした時、優しい顔で笑っていた。だからきっと、無理やりだとか、嫌々ながらやっているとは思えない。

だけど――

「千年も経てば色々と変わるかなぁ……」

きっと千年前も同じく輝いていただろう月を見上げた。

それにしても今夜は本当に月が綺麗だ。雲一つないこの空ならば、きっと明日は晴れるだろう……そう眺めていると、不意に半月が、サッと隠された。

瞬《まばた》きした目に映ったのは、窓枠に乗るしなやかなその姿。暗闇に光る二つの瞳とピーンとしたお耳に二又尻尾。

「あ、ネコさん！　お帰りなさい」

「月見をしていたのか？　さくら」

踵《かかと》を上げて窓枠を歩くその姿は、キャットウォークそのもの。ピンと伸びた尻尾は声に合わせくねくね動き、お散歩に満足した様子を伝えてくれている。

「ふふ。私……猫の姿のネコさんに久し振りに会いました」

「お、そういえばそうか。どうだ？　猫の姿も変わらず凛々しかろう？」

「うん。とっても素敵」

記憶の中と同じ、白のベースに淡い黄色を背中からトロリと掛けたような毛色。そして眉間に一筋、後ろ頭にいくつか入った薄灰の模様。雄猫なのに三毛だなんて、猫又の中でもきっと珍しいだろう。

「本当に、あの綺麗なネコさんがネコさんだったんだね……」

月を後ろに背負っているから、その柔らかな毛並みが淡く照らし出されている。ああ、ネコさんの毛色って、月をそのまま溶かしたような色なんだ。

「綺麗か。さくらも……と言いたいところだが、顔に貼ってるそれはなんだ？　少々気味が悪いが……」

「……あっ⁉」

すっかり忘れていた。明日は恋文屋の初日なのに泣いてしまったから、少しでも肌を取り戻そう！　とシートマスクをしていたのだった！

「こ、これは綺麗になるためのもので……！　やだもう、もっと早く言ってよネコさん……！」

「あはは！　面白いことをしているなと思ってなあ、ははは！」

私は慌てて洗面所へ向かいシートマスクを剥がした。しかし布団にごろ寝をしていた時は大丈夫だったけど、抜け出してしまうと薄手の長袖Tシャツ一枚では肌寒い。

カーディガンを羽織り布団へ戻ると、猫の姿のネコさんが布団の真ん中でポスッと丸くなっていた。

「ああ、いつものさくらだ」

「もう。今日は変なところばっかり見られてるね」

私は毛繕《けづくろ》いをしているネコさんを避け、布団に足を入れ座る。

「……さっきはありがとう、ネコさん」

私は俯いて、ポツリと言った。ネコさんがこちらを見ている気がするけど、なんだか気恥ずかしくてその目を見ることができない。

「いいや、なんということもない」

「私ね……仕事も家もなくなって、お爺ちゃんが呼び寄せてくれたけど不安だったみたい」

ざり。ネコさんの毛繕《けづくろ》いの音が止まった。

「だって……お爺ちゃんと私はそんなに近い血縁ではないでしょう？　だから……孫みたいに可愛がってもらっていてもちょっと緊張していたっていうか……見栄を張っていたのかなあ……？」

さっき、お風呂に入りながら考えていたのだ。どうしてあんなに張りつめていたのかなって。

ここに呼ばれた理由を聞いて、我儘《わがまま》を言えるハトコに嫉妬《しっと》した。羨ましくて、眩しくも感じた。だって一度引き受けたことなのに、自分勝手な理由でお店を手放した。そんな、お爺ちゃんを振り回すような振る舞い、まさか私にはできっこない。

だけどそんなハトコのおかげで私は仕事と家を得て、更に夢も叶えることができた。完全な棚ぼただ。

だから、それならせめて、チャンスをくれたお爺ちゃんに報いるよう、任されたことは完璧にやらなくちゃと思ったのだ。開店の予定に間に合わせて、上手く経営して、繁盛《はんじょう》させて、完璧にやってのけなければと。

それにもう一人の私が心の中で言っていた。カフェの開店資金にして無くなってしまった貯金もまた早く貯めなくちゃ。私の居場所も安心できる家も、いつか無くなるものだから、またいつでも一人で暮らしていけるように準備をしておかなくちゃ、と。

私はそんな風に思っていたのだ。多分。

「一人で頑張らなくちゃって、ちょっと肩肘張りすぎてたみたい」

「さくらの家族は皆、他界したのだったか」

「……うん」

「それは寂しかったな」

「……うん。多分」

「もっと早く俺や小治郎を頼ってよかったのだぞ？　――いや、さくらを責めるのは違うな。すまなかった、迎えに行ってやらなくて」

「……え？」

俯かせていた顔を、ネコさんへと向けた。いつもは見上げている青と碧《みどり》の瞳が、じっと私を見上げていた。

「泣いているさくらを見つけるのは得意だったのだが……大きくなったさくらは俯いて、あんな風に泣くとはなあ。不覚だった」

美しい硝子《がらす》玉のような猫の瞳がちょっと細められ、ああ、微笑んでいるのか……と気が付いて、それが『あんな風に』を指した笑みだと思い至りカッと頬が熱くなった。

「さ、さっきの泣き顔は忘れて……！　ネコさん！」

「はは！　忘れん。さくらが泣いていたらすぐに駆け付けなければいけないからな」

「もう……。私はもう大人だから、そんなに滅多に泣かないから大丈夫……！」

ネコさんは再び目を細めると、毛繕《けづくろ》いを再開した。

「ねえ、ネコさん。またお散歩に行くの？」

「いいや、今夜はそろそろ休む。明日は朝から恋文屋が忙しいだろう？　毎週末の二日間はいつも賑わうからな」

毛繕《けづくろ》いの仕上げだろうか、ネコさんは自分の手を舐めると顔を洗い、私を見上げ楽しそうに語る。猫の顔の表情まではよく分からないけど、弾む声はよく分かる。

「そうだね。頑張らなくちゃ……あ、そうだ。ネコさんっていつもどこで寝てるの？　お社《やしろ》の中？」

「ん？　いや、その辺で適当に……そうだな、今夜は月が綺麗だし屋根の上もよいか」

「えっ⁉　野宿なの⁉」

「何を言っている。俺は猫だぞ？　毛皮もあるし春の夜風は気持ちよいくらい――」

私は身を乗り出しピシャッと窓を閉めると、ネコさんを抱えて枕元へ下ろした。

「駄目です。風邪ひいたらどうするの？　最近はね、猫はみんなお家の中にいるものなの。お爺ちゃんったらもう……ネコさんのベッドも用意してなかったなんて……！」

「いや、俺は猫だがな、あやかしでもあるのだから、この体とて仮初《かりそ》めというか只の猫では……」

ネコさんは矛盾したことを言いつつ布団の上をぽすぽす歩き、窓へ戻るためにジャンプをしようと腰を屈《かが》めた。これはお外へ逃げる気だ。

しかし私はその背中を抱き込み、えいっと布団の中へ押し込める。人の姿では無理だけど、猫の姿ならこんなことだってできてしまう。だって猫型のネコさんは四キロ程度の標準体型。私の腕にすっぽりだ。

「そんなにお外が好きなら、今度立派なベッドをお社《やしろ》に用意するから、だからそれまでは私の部屋で寝てください」

私は布団を引っ張りネコさんを抱えたままゴロリと寝転んだ。ああ……お腹の辺りにいるネコさんが温かい。

「ふふっ……。猫と寝るの夢だったんだよね……ふふっ！」

ぐるぅ……と押し殺した声が聞こえ、ネコさんがモゾモゾと布団から顔を出した。

「さくら。布団に男を引っ張り込むとは何事か」

「やだ。だって今のネコさんは猫でしょう？　猫と人は一緒にぬくぬく寝るものです」

にに ゃぁ……と、今度は隣から絞り出すような声が聞こえて、ああ、ネコさんも猫の鳴き声出せるんだなんて思った。

「さくらよ、俺以外の者を寝所に入れてはならないからな？　特に人間は絶対に駄目だ」

「はいはい勿論。ご忠告ありがとうございます。ふふっ」

電気を消すと、ネコさんは観念したように丸くなってまた毛繕《けづくろ》いを始めた。私が毛並みを乱してしまったからかな？　と思うとちょっと申し訳ない。

真っ暗な中、『ざ〜り、ざ〜り』という音が続いている。姿は見えないけど、確かに私の顔の横にフワフワの温もりがいるのが分かる。

こっそり、そうっと手を伸ばし、体を撫でるとビクリとその背が揺れた。

「あっ、ごめんなさい。ビックリさせちゃった……？」

「いや……構わない。人に撫でられるのは久し振りで、ちょっと予想外だっただけだ」

ざーりざり。背中を撫でる私の手と同じリズムで、ネコさんの毛繕《けづくろ》いの音が聞こえている。

指先に感じるのは細い猫っ毛。しっとりフワフワでとても気持ちがいい。

「……」

ぽふっ。スゥー……ッ。

ネコさんの背中、人で言ったらうなじの辺りに顔を埋め、私はその匂いを嗅いだ。

と、その瞬間、ネコさんの動きがピタリと止まって、ドッドッドッドッという心音が聞こえ出した。

「……さくら、何をしているのだ」

「ん……『猫吸い』です。はぁ、ネコさんいい匂い……」

ビビ、ビ！　と、ネコさんの丸まった背が震え、僅かに毛が逆立った。

「吸うな。まだそっちの毛繕《けづくろ》いは済んでないのだぞ。埃っぽいだろうに……」

「ううん、全然。んー……なんだっけこの匂い……あ、メイプルシロップの匂いだ。ネコさん美味しい匂いがする……」

スゥ……っともう一度、確かめるように鼻先を埋めたが、クルッとこちらを向いたネコさんに尻尾で叩かれた。

「こら。吸うんじゃない、さくら。……で、めいぷるしろっぷ？　とはなんだ？」

「ふふふ、楓《かえで》の木から採れる甘い樹液で、お菓子なんかによく使うシロップで……」

「楓《かえで》？　アレからそんな甘い汁が採れたのか」

「あ、紅葉とは別で、確か砂糖楓《さとうかえで》っていったような……？」

「ほぉー……」

未だ撫でていたその指を、今度はクルンと尻尾で掴《つか》まれた。

「それで？　俺はその匂いがすると？」

ドキリ。心臓が跳ねた。

目には見えない隣のネコさん。声はいつも通りなので、私の頭は見慣れた神職《しんしょく》姿の男性を描いてしまったのだ。

でも、耳と頬に当たるヒゲがこそばゆいから絶対に猫のはず。でも、だけど、静かな暗い部屋でこんな風に耳元で囁《ささや》かれたら……。ついドキッとしてしまうのも仕方がない。猫だけど、ネコさんの声はとてもいい声なのだ。

それに、今の声はなんだか甘い毒が滲《にじ》んでいたようで、うっかり心臓が止まってしまいそうで――ドキリとしたのだと思う。多分。

「……ごめんなさい。嗅がれるの、嫌だった？」

「いや……。くすぐったいので控えてはほしいが、嫌ではない」

あ、目が暗闇に慣れてきたようだ。こちらを向くネコさんの顔が少しだけ見える。光る瞳はよく見えるけど。

「ふふっ。ネコさん……綺麗ね」

「さくらは昔からそればかりだな。……ああ、そうだ。昔も匂いを嗅いでは『とうもろこしの匂い』だの『ぱんけーきの匂い』だのと言っていたな」

光る目を細めクスッと笑う。

「ああ、パンケーキ！　きっとそれ、メイプルシロップの匂いって言いたかったんだと思う。やだ、私ってば同じこと言ってたんだ……」

「ぱんけーきとめいぷるしろっぷは同じものなのか」

「ううん、違うものだけど、メイプルシロップはパンケーキに掛けるものでね、甘くて美味しくて……」

ネコさんは小首を傾げ、クリクリの瞳で私を見て「まるで分からん」と言う。

「じゃあ、明日の朝ごはんはパンケーキにしよっか」

「作ってくれるのか？」

「うん。一緒に食べよう？」

「ああ、ぜひご馳走《ちそう》になろう」

私はその柔らかな毛並みをもう一度だけ撫で、隣の温もりと一緒に眠りについた。

四　開店の日

本日は予報通りの快晴。海もキラキラと輝き、春風が運んでくる潮の香りも軽くて心地よい。絶好の『開店日和《びより》』だ。

窓に映る私の出で立ちは、白の綿ニットに黒のパンツというシンプルな格好。

「せっかく爺が巫女装束を準備してやったというに……」

開店前にお店を見に来たお爺ちゃんは、残念そうに言った。

「お爺ちゃんってば。あの格好はカフェでは動きにくいし、巫女カフェではないんだからって言ったじゃないですか」

「いや、神社の中にある店に巫女がいてもおかしくはなかろ？　爺はさくらちゃんの巫女姿が見たかったんだがの〜。お猫様もそうは思いませんかな」

「ん？　そうだな……きっと似合うだろうが、俺の神職《しんしょく》姿で我慢せよ、小治郎。さくらも随分と悩んでこの衣装に決めておったのだからな」

その言葉に、お爺ちゃんは「おや」と、意外そうな顔で呟いた。

「朝はいつも見回りをされてますのに珍しい。今日は随分とゆっくりしておったんですなあ」

「ああ、実は昨夜さくらが泣いてしまってなあ。夜通し慰めておったら寝坊した」

「……はっ？」

思ったよりも大きなお爺ちゃんの「はっ？」の声に、私とネコさんは顔を見合わせた。

昨夜は色々と感情を乱したからか、それとも今日の開店への緊張か、私はなかなか寝付けなくて何度も寝返りを打っていた。するとその度に、枕元にいたネコさんが私の顔を舐めてくれたり、寄り添って温もりを分けてくれたりしていたのだ。

「お猫様、もう一度よろしいでしょうか？」

「ん？　だからさくらを――」

同じ言葉を繰り返したネコさんに、お爺ちゃんは目を見開いて固まった。

「あっ、もしかしてお猫様を部屋で寝かせるのは駄目でしたか？　ごめんなさい、お爺ちゃん」

「いや、特に駄目ではないが……ほれ、なんと言うか……照れるじゃろ？　さくらちゃんは孫のようなもの。うん、もう巫女装束は無理じゃったか。見たかったのおー」

「え？」

もう無理……って？　確かに私は巫女にしては年齢が――

「おっ、お爺ちゃん！　違います！　ネコさんは猫ですよ⁉」

本来、巫女とは未婚の女性が務めるものだ。未婚というのは、純潔であるという意味合い。

「おお？」

「ん？　猫だがどうした？」

お爺ちゃんのとんでもない勘違いに慌てたのは私だけ。ネコさんは何がなんだか未だに分かっていないよう。

「ネコさんは猫でいいんです。そうじゃなくって、お爺ちゃん！　全然違います！　そんなわけないでしょう⁉」

「おお、なんじゃ。驚いたわ。爺の胸が久方振りにドキドキしたわ。いや、それならやっぱり巫女姿が見たいの。ははは」

「着ませんよ？」

「ほっほ、お、そろそろ爺も戻らねば。さくらちゃん、今日からよろしく頼むの！」

「はい！」

玉砂利を鳴らし早足で社務所へ向かったお爺ちゃんを、大荷物を抱えた若い神職《しんしょく》さんが迎えていた。きっと桜の時期に備えてお願いしたお手伝いさんだろう。昨日はお守りも追加で用意していたし、土日の混雑は私の想像以上なのかもしれない。

「これは……気合い入れなくっちゃかな」

「さて、では俺も急いで仕事をしなければ。さくら、また後で手伝いにくる」

「はい。ネコさんもいってらっしゃい！」

ネコさんは猫に姿を変えると、トトンと硝子《がらす》扉から外へ飛び出していった。

ちなみにネコさん、今日はちょっと寝坊をしたし、初めてのパンケーキとメイプルシロップを堪能したのでこれから恋文配達のお仕事です。

「ふふっ。私も仕事しよ」

呟いて、私は落ち着いた紅色のエプロンを手に取った。

これは恋文屋専用にと用意したもの。お店が白と黒に近い焦げ茶の内装だったから、そのどちらにも合って神社の雰囲気にも合うもの……と考え選んだ色だ。無地でお店の名前すら入っていないエプロンだけど、何もないよりは店員っぽいだろう。

「……そのうち制服を決めたほうがいいかな？」

私はエプロンの長い腰紐を前に回してキュッと結んだ。うん、自然と気持ちが引き締まる。

そして仕上げにと、私は一つに束ねた髪に猫のモチーフの飾りゴムをつけた。

「さあ、始めますか！」

まずは窓も開けて換気をし、店内の掃除から。そしてレジの点検、備品の確認、それからカップも拭いたし、パウンドケーキとケークサレの用意も万全だ。

「よし。あ、そろそろ――」

「さくら、じきに参拝客たちが来るぞ」

「ネコさん！　お仕事終わったの？　あ、待って前髪に葉っぱが付いてる……」

私は背伸びで柔らかな髪に手を伸ばし、絡まっていた葉を取ってやる。

黙っていればお綺麗な神職《しんしょく》さんに見えるのに、不意に猫らしいやんちゃさが見え隠れしていて、まったくネコさんは可愛らしい。

「さくらの準備は終わったのか？　何か手伝うことはないか？」

「あ、それじゃあネコさん、これをお願いします」

私は小脇に抱えていたそれを差し出した。

「なんだ？　これは」

「ふふっ……お店にはなくてはならないもの、看板です！」

私とネコさんは、新品の看板を抱え外へ出た。一つ目の看板は内装と同じく濃い焦げ茶色。

掲げた『恋文屋』の文字は金色で、上品で華やかなイメージだ。

「ネコさんのはそっち、正面の引き戸の前にお願いします」

「ここでよいのか？」

「はい！」

神社のほうから見えるよう、黒の格子戸の横へと置いてもらう。

「それからこれも……」

私は抱えていた布を広げ、竿《さお》に通し入り口に掲げた。

「ああ、暖簾《のれん》か。よい色だな」

「うん」

華やかだけど上品な紅色をした暖簾《のれん》はハトコからのプレゼントだ。土壇場で私に店を任せることになってしまったお詫びと、応援の意味も込めてだとか。鮮やかなその色に、染め抜いた『恋文屋』の白い文字が映えている。

「うん、素敵」

「なあ。さくら、これは何処に？」

ネコさんは私の腕からもう一つの看板を取り上げると、その表面をしげしげと見つめ首を傾げた。

「なんと読むのだ?」

「ふふっ、『カフェ』って読むの。珈琲《コーヒー》屋さんって意味」

指さしたのは『Ｃａｆｅ　恋文屋』の白い文字。こちらは黒板を使った看板だ。店名の周りには、色とりどりのカップと珈琲《コーヒー》、桜の花を描いてみた。私の夢、カフェを開くこの日のために練習していたチョークアートだ。

「賑やかでよい看板だな。——さくらがこっそり描いていたのはこれか」

ネコさんがニヤッと笑った。

「え……見てたの⁉」

「ああ」

にっこり笑うと、ネコさんは「上手に描けている」と言って私の頭を撫でた。まるで子供に言うような、ちょっと懐かしいその言葉が妙にくすぐったくて嬉しい。

こんな風に真っ直ぐ「上手」だと褒めてもらって撫でられるなんて、一体いつ振りだろう? ただでさえ開店で気分が高揚しているというのに、こんなご褒美《ほうび》まで貰ったら気分が余計に浮ついてしまいそうだ。だけど……

「ありがとう、ネコさん」

「ああ。——お、早速の参拝客だ」

木々の間から、鳥居をくぐる女性の姿が見えた。さあ、いよいよだ。

「お客さん来るかな……」

期待で膨らんでいた気持ちに、急に緊張と不安が押し寄せてきた。するとネコさんは、私の頭をもう一度ポンポン撫でて、悪戯《いたずら》な猫の顔でニヤリ。

「さぁて。恋文やしろは千客万来だろうが……ああ、恋文屋にはお猫様《俺》が手伝いに入るのだから、今日はお社《やしろ》よりも客入りがよいかもしれないな？」

「あはっ、そうだね。うん。そうだよね！」

私は頭に乗せられた掌に「ポンポン」を返し、微笑んだ。

――『恋文屋』の営業初日は、それ程忙しくはなかった。

長らく閉めていたお店だ。再開されたこともまだほとんど知られていないし、宣伝もあまりしていない。せいぜい社務所やお守りの授与所《じゅよじょ》にポスターを貼ったくらいだ。不慣れな私を慮《おもんぱか》って、お爺ちゃんがそうしてくれたのだ。お爺ちゃんは「恋文屋は元々商売じゃないしの。繁盛《はんじょう》はさくらちゃんに余裕ができたらで十分」と、笑って言ってくれて、本当に有り難い。

そんな営業方針もあって午前中は本当にのんびり。お昼を過ぎてぽつぽつと来客があったけど、『恋文を奉納した後に見かけて覗いてみた』という人がほとんどだった。恋文屋で便《びん》箋《せん》を求める人はお土産《みやげ》感覚で、文《ふみ》を書く人は未だ〇《ゼロ》人と少々寂しい。

とはいえ、初めての営業はやっぱり緊張の連続で――

「すみません。このレターセットとお守り、一緒にラッピングしてもらえませんか？」

「え、えぇっと……少々お待ちください」

どうしよう。プレゼント用のラッピングは想定していなかったし、やる余裕もない。それにお守りはお守りだし……便箋《びんせん》と一緒ではグッズ扱いをするようで気が引ける。あ、そうだ。ここでラッピングを受けてしまったら今後も受けざるを得なくなってしまうし……困った。どうお断りしよう……？

「――さくら」

固まりかけていた私の肩に、ポンと手が置かれ、ネコさんが背中から囁《ささや》いた。

「落ち着け。ありのまま説明すればよい」

「う、うん」

ネコさんの涼やかで優しい声は魔法のようで、その、たった一言で私の心がスーッと落ち着いた。

「――はい」

「よし」

私は気を取り直し、笑顔でお客様の顔を見た。すると大学生くらいの彼女の目が、何やらキラキラ輝き少し上を見つめている。

「あの、お客様。特別なお包みのご用意はございませんので、袋にご一緒に入れる形でいかがでしょうか？」

「あ、はい！　それでお願いします！」

彼女が差し出したのは、坂上神社で一番人気の『恋文護り』と猫の足跡柄のレターセット。なんとも『恋文やしろ』らしいお土産《みやげ》だ。

その後も、レジから何度もエラーが出てしまいどうしたものか……と焦っていると、ネコさんが指定席から立ち上がり「大丈夫か？」と覗きに来てくれた。ネコさんが、声を掛けてくれるだけで、何故か焦りが消えて上手く対応することができた。

お手伝いをしてくれると言っていたけど、ネコさんは基本的に、桜がよく見えるあの席に座り、愛おしそうな笑みを浮かべ店内を眺めているだけ。

でも、それだけで十分だった。ネコさんがそこにいてくれる。それだけで心強く、驚くほど私の支えになってくれた。

だけど、心配なことも一つ――

「ねえ、ネコさん？」

そろそろ日も傾いてきて参拝客はまばら。恋文屋の店内には私とネコさんだけだ。

私はネコさんと自分にちょっと甘いカフェオレを淹《い》れ、カウンター席に並んで座っていた。

「どうした？　さくら」

「あの、今日はいてくれてありがとう。ネコさん疲れてない？　あと、嫌な思いとか……しなかった？」

ネコさんはコテンと首を傾げた。

「嫌な思い？　いや、特にないが……どうしてだ？」

「だって……女の子たちにジロジロ見られてたでしょう？　話し掛けられたりもしてたし、大丈夫だった？」

「ああ、あれか」

そう。彼の存在にすっかり慣れてしまっていた私は失念していたのだけど、ネコさんはすごく目立つ。スラリと背も高いから、街中でも目立つだろうけど、神社というこの場所では特に目を引いてしまう。

その髪色に瞳の色。洋猫のミックスっぽいせいか、外国人ぽい顔立ちの整った容姿。それらは恋する乙女たちの目をも引いてしまっていた。それともう一つ、神職《しんしょく》の格好をしているから余計に目立つのだ。

「いや、楽しかったぞ？　皆、お社《やしろ》に奉納する時には必死な顔をしているが、ここでは楽しそうに笑っていて俺も嬉しくなった」

ああ、この顔。ネコさんの笑顔を見るのは今日、何度目だろうか？　ここへ集《つど》う人間たちのことを思い、こんな風に微笑んでくれるだなんて。

「ネコさんて、本当にお猫様なんだね」

「ん？　何を今更……なんだ、さくらは疑っていたのか？」

「まさか。そうじゃなくってね、なんだろう……こう……神様みたいに優しいなって思って……」

「はは、神様は言い過ぎだ。俺はただの配達人だぞ？　だが……そうだな。ただ、皆が姫と同じ瞳をしていて、どれだけ時が経っても変わらないものだと思ってな。人は本当に可愛らしいものだ」

そう言うネコさんの目は、ちょっと遠くを見ているように私には見えた。

ネコさんは、私たちとは一段……ううん、もしかしたらそれ以上。立っている場所の高さが違っているように感じることがある。

こうしてカウンター席に並んで座っていても、ネコさんと私の間には、見た目以上の距離があるのかもしれない。ネコさんは、神様の御使いとして、私たち皆を平等に、穏やかに眺めているんだなと、急にそう思った。

◆

「さて、そろそろ参拝のお客さんは終わりかな……？」

坂の下の海には夕日が映り、美しい青のグラデーションを作っていた海と空は、太陽のオレンジ色に染まり始めていた。

恋文屋の閉店時間は十七時。少し早いが、店仕舞いの準備をしようと腰を浮かせた時、一人の女性がバタバタと店に駆け込んできた。随分と息を切らしているけど、どこから走って来たのだろう？

「いらっしゃいませ。文《ふみ》を書かれますか？　それとも珈琲《コーヒー》をお淹《い》れしますか？」

「あっ……ハァッ、ま、間に合った……！　えっと、こちらで奉納恋文を書けるって宮司《ぐうじ》さんから聞いて……あ、便箋《びんせん》も買いたくて！」

「はい！　どうぞ。便箋《びんせん》をお選びいただいた後、こちらでお書きください。あ、もし人目が気になるようでしたら二階をご案内いたしますが……？」

「いえ、ここで大丈夫です」

彼女はホッとしたように笑うと、ハンカチで汗を拭い便箋《びんせん》を選び始めた。

私はカフェオレのカップを片付けながら、そっとその横顔を窺《うかが》う。

二十代前半くらい……学生さんかな？　便箋《びんせん》を選ぶあの表情は今日、何度も見たものだ。楽しそうで、幸せそうで、それでいてどこかソワソワとして不安げに見える瞬間もあって。ネコさんが愛おしげに見守るのも分かる気がする。

「……いいな」

私はふと思ってしまった。だって、私は恋が苦手だから。

私の恋の思い出といえば、多くはただ見ていることしかできなかった片想い。たまに告白されて付き合ってみても、すぐに飽きられてしまったり、『何か違う』と言われたり……。そんな、散々な終わり方のものばかりだった。

そして最後の恋からあっという間に数年。しばらくは片想いさえもしていない。

だからだろうか。甘酸っぱい幸せが漂っている店内に当てられたのかもしれない。いいなぁ……なんて、ぼんやり思ってしまった。

私も彼女たちのように、楽しそうで幸せそうな恋を一度でいいからしてみたい。成就しなくたっていい。あんな風に、胸を高鳴らせる恋をできたら――

「あの……」

「あ、はい！　お客様、お決まりになりましたか？」

「いえ、その……便箋《びんせん》が沢山あって、迷っちゃって……相談していいですか？」

彼女の手にはいくつかのレターセットが。色味も雰囲気もバラバラで、本当に迷ってしまっているのが窺《うかが》える。

「――そなた、誰に向けた恋文を奉納するのだ？」

お気に入りの席でカフェオレを飲んでいたネコさんが、そう声を掛けた。

「え？　……わっ」

彼女は一瞬大きく目を見開いて、驚いた顔をした。

まただ。これも今日、何度も見た表情だ。でもその気持ちもよく分かる。ネコさんはその古風な言い回しと外見のギャップが凄い。ついでに格好いい。恋する相手がいたとしても、つい見惚れてしまうのはよく分かる。

まぁ……私にとっては、メイプルシロップの匂いがして前髪に葉っぱを付けた、やんちゃで綺麗で可愛いネコさんでもあるのだけど。

「どのような者なのだ？　ほら、説明してみよ」

「え、えっと……バイト先の先輩で……優しくて、頼りになるんです」

一言、一言。その人を思い浮かべ言葉にするだけで、彼女は顔を真っ赤に染めていく。

「そうか。ではその者が好みそうなものを選んではどうだ？　それとも、そなたの気持ちを表現するようなものがよいか？」

「あ……」

彼女は手に持った幾つかの便箋《びんせん》を見つめ少し考えて、一つを選び出す。

選んだのは、和紙で表現された鮮やかな青から白――入道雲と、夏の海と空を描いた便《びん》箋《せん》だった。

「私も先輩も海が好きなので……いいかなって」

「うん。――さあ、早く文《ふみ》を書くとよい」

「はい！　あ、時間……」

キョロキョロと彼女の目が時計を探す。恋文やしろへの奉納受付時間は十八時まで。時間外は奉納箱の投函口を閉じているので、今日奉納したいなら急がなければならない。

「まだ一時間はありますから大丈夫ですよ」

「ああ、よかった」

「ペンはお持ちですか？　お貸しできますが、店内で気に入るものを選ぶ方も多いですよ」

「あ、それじゃあ……ペンも選びます！」

そして空が紫色に染まる頃、彼女は恋文を書き上げ急いでお社《やしろ》へ向かった。

ちなみに恋文やしろに受付時間があるのは、夜にはあまり良くない恋文が奉納されることがあるからだそう。聞きたくない恋の闇だ……。

「これで無事、あの子の恋文は明日神様に届くんだね」

「ああ。俺が朝一で配達するからな」

そして彼女は五分ほど、熱心に恋文やしろへ手を合わせると、書き上げたばかりの恋文を奉納箱へ託していった。

――奉納後、なんだかやり切った顔をして、神社と恋文屋を背景に自撮りしていたのがとっても微笑ましかった。

◆

「さくら、あの最後に来た娘の恋文、告白の決意表明だったぞ」

「え？」

私の枕元――というか、そのままの意味で枕を共にしているのは猫型のネコさんだ。通販で購入した猫用ベッドがまだ届かないので、今日も一緒に布団に入っている。

「あの後、社《やしろ》に詣でていただろう？　声が聞こえていた」

ネコさんは三角の耳をピーンと立て、ピピッと動かしてみせる。

なるほど。人型を取っていても奉納時の声は聞こえるのか。さすが……猫又？　いや、神様の御使い？　かな。

「ネコさん、そういうのは言っちゃ駄目。私は聞きません～」

「ん？　何故だ？　先日の着物の女子《おなご》の話は聞いたではないか」

「え？　あー……それはそうだけど……。そうだね、あの時はちょっと油断してたっていうか、私の恋文屋店主としての心構えがまだできていなかったっていうか……」

私はそこで言葉を切って、ネコさんの目を見つめて言った。

「ネコさん。人には知られたくなかったり、知られたら恥ずかしかったりすることがあるでしょう？　恋っていうのは本当に繊細な事柄だし、お詣《まい》りに来て、お猫様にお話しするのはご利益を分けていただくためだと思うの。だから、お社《やしろ》で語られたことは神様以外には伝えちゃいけないんじゃないかなー……って、神様素人な私は思うの」

私が言葉を重ねる毎に、徐々にしょんぼりと下がって行く耳が目に入って、ネコさんを傷付けてしまったんじゃないかと気が気でなかった。だから少しでも柔らかい表現で伝えられないかと思ったら、神様素人なんてよく分からない言葉が口から出ていた。……大体の人間は神様のことなんてよく知らない、素人だろうに。

「そうか……」

はぁ……と、猫の小さなお口から溜息が落ちた。人型でないネコさんの表情はやっぱりよく分からない。

「社《やしろ》へ詣でる者の話など、誰にもしたことがなかったのでな……。そのような人の気持ちには気が付かなかった」

「あの、でも、多分だよ？　中には聞いてほしい人もいると思うんだけど、恋文やしろに託す人は、きっとそうじゃない人かなって……。恋心って難しいよね……」

最後の一言は、思わず漏れた私の本心だ。恋心はよく分からないし、恋愛は本当に難しい。

「俺には人の心、それ自体が本当に難しい。猫もあやかしも気侭《きまま》だし我儘《わがまま》なものだからなぁ。恋心など……特に分からん」

うにゃぁ、と小さな声が漏れた。人だったら「ううーん」と唸《うな》った感じだろうか。

ネコさんは、人の気持ちも恋心も難しいって言うけど、でもそれは、ネコさんがずっと人を見ているだけで、関わってこなかったからじゃないかと私は思う。

だって今日、最後のお客様が便箋《びんせん》を選ぶ時の助言は上手くできていたと思うのだ。たった数日だけど、私と一緒に人と関わったからこそ、ネコさんは彼女の――人の気持ちを推し量ることができ、あのような言葉になったのだと思う。

「ネコさんは真面目な恋文配達人だね。怖くなくて優しいあやかしさん」

「さくら、怖いあやかしもいるからな？」

「ふふっ、そうそう会わないよ」

「いや、俺のように人に化けてる奴が辺りにいるかもしれん」

「そういえば、ネコさんはなんで人の姿を取るの？　昔からたま〜に人型になってたって聞いたけど……？」

今度はネコさんが、私をジッと見つめ言った。

「恋を知ることができるかと」

「……え？」

聞き返すと、ネコさんはこれでもかと首を傾げて、真ん丸の瞳で言葉を続ける。

「さくらは知っているだろう？　俺に恋を教えてくれないか？」

「え……っ？」

スリッと、柔らかな猫の毛が私の頬をくすぐった。

——まるで口説かれているみたい。

いや、もしもネコさんが、猫でなくて人だったならだけど。

でも……猫であやかしのネコさんだけど、もし今、人の姿で言われたとしたら……。ドキリとするどころじゃなく、心臓が止まると思う。

「さくら？」

闇の中で光る丸い目は、楽しい何かを見つけたように期待に煌《きら》めいている。私は水を飲みに地上に降りた、迂闊《うかつ》な雀《すずめ》か鶯《うぐいす》だろうか？　でもこの顔は、獲物を狙うというよりも、オモチャを見つけてワクワクしている猫だ。パステル三毛猫の可愛いお猫様は、私と同じで、これではまだ恋に手は届きそうにない。

「ふふっ。私こそ……知りたいなぁ」

「さくらも？　人なのに知らないのか？　本当に？」

「うーん……。知ってるのは失敗の恋ばっかりなんだよね」

「失敗……？」

ああ、益々興味を持ってしまったようで、ネコさんの口元……なんていう場所だろう？　口の上のヒゲの生え際がヒクヒクと動いている。

「大した話じゃないの。大した恋じゃない。——あ、そうだ。ねえ、今度ネコさんの姫君の話を聞かせて？　ネコさんが成就させた恋の代表だもん……聞きたいなぁ」

「ああ、よいぞ。姫の話は色々ある」

私たちは額をくっ付けて、内緒話をするような距離であれこれとお話をした。

「ああ、そうだった……。今日は色々ありがとう……ネコさん」

「ん……そうか？　役に立てたならよかった……」

「……うん……。助かっちゃったー……」

「んー……うん……俺も楽しかった……」

そのうちに私はうとうとと眠気に誘われ、ネコさんは「くにゃぁ」とあくびを一つ、二つ。

——ああ、そうだ。恋文屋のSNSを始めたのに……結局は、開店直前の一回しか投稿していなかった。閉店後にも投稿しようと思って……開いたところであのお客様が駆け込んできて……。明日はもうちょっと投稿してみなくっちゃ…………

私はそんなことを考えつつ、寝言のような「おやすみ」を言って眠りへと落ちていった。

開きっぱなしで確認もしなかった、SNSの通知にも気付かずに——

五　噂の『あの人』とご利益

開店二日目。

朝の掃除を終えた私は、昨夜届いたショップカードをレジ前に並べていた。

待ちに待ったカードは、素朴な風合いがある白い紙にこっくりとした紅色で『恋文屋』と『Ｃａｆｅ　恋文屋』の文字が印刷されている。猫のシルエットも一緒だ。

「うん。可愛い」

本当はネコさんにも見せたかったけど、あんな風に泣いてしまった原因なので……。ちょっと恥ずかしくて、一人の時間にこっそりと開けて並べたのだ。

「はぁ。恥ずかしい」

でも、あの時泣いたおかげで変な力が抜けた気がする。私の嘆《なげ》きを聞いて、泣かせてくれて、そして慰めてくれたネコさんに感謝だ。本当に恥ずかしいけど。

「……さて。気分を変えて、ＳＮＳ用の写真でも撮ろうかな！」

張り切って外に出たところで、玉砂利を踏み歩く音と話し声に気が付いた。

まだ御朱印の受付やお守りの授与所《じゅよじょ》も開いていない時間だというのに、神社の境内《けいだい》にはちらほら女の子たちの姿が。みんな二人連れ以上の友達同士のようだ。

「わ、日曜日って早めの時間から結構来るんだ」

これは恋文屋も早めに開けたほうがいいのかも？　ちょっとお爺ちゃんに相談してみよう。

「――うん、これでいいかな」

昨日はお店の外観と店内の画像を投稿しただけだった。なので今日は『パウンドケーキと珈琲《コーヒー》のセット』の画像を投稿してみようと思う。それから便箋《びんせん》も。昨日人気があった『猫の足跡のレターセット』と、試し書きで気に入った滑らかな書き心地のペンを。パールの入った淡い色の本体は可愛くて軽いので、持ち歩きの手帳用によさそうだと思う。

「……ん？」

早速投稿を……と、アプリを開いたところで私の指が止まった。

――フォロワー数がおかしい。

昨日の朝始めたばかりだったから、『恋文屋』のフォロワーは『坂上神社』だけだった。ああ、神社のアカウントは一応お爺ちゃんが管理している。投稿はあまりしていないけど、SNSで神社の人気が出てしまったので、状況を把握しておくためにも……と、ハトコにアカウントを作ってもらったらしい。

で、だ。投稿数もまだ二つだけの『恋文屋』のフォロワーが百を超えている。

「えっ」

顔が引きつった。

待って、私、何か変なことしたっけ……？　なんで急に――

『コンコン』

窓を叩く音にハッとして、私は後ろを振り返った。そして、固まった。

「すみませーん、お店って何時開店ですか？」

営業時間が書いてある看板はまだ仕舞ったままだった。朝、ネコさんが出そうとして、あまり早すぎてもよくないからお散歩から帰ったらお願い……と言っていたのだけど……

あと数十分で開店なので、窓側のシェードカーテンは上げていた。だから外から店内は丸見え。こちらからもあちら側がよく見えている。

「な、何事……!?」

お店の外には、十人程の女の子が列を作っていた。

「え……？　あの、どうかされましたか……？」

私は訳が分からないまま硝子《がらす》扉を開け、先頭の彼女に声を掛けた。

「開店って何時かなと思って」

「あ、はい。十時オープンなのであともう少しなんですけど……」

「そうなんですね、じゃあもうちょっと待ってます。便箋《びんせん》を見たくて……」

彼女はそう言うと、店内をチラッと覗き込んだ。友人らしい後ろの数人も、店内を覗き込みソワソワしている。

「あ、そうなんですね。準備ができ次第開けるので少しお待ち——」

「あの！　もう一人の店員さんって今日はお休みですか？」

「え？」

更に後ろ、違うグループらしい女の子が思い切って……！　という雰囲気で私に訊《たず》ねた。

すると列を作っていた全員の目が、一斉に私に集まる。

「店員って……」

もしかしてネコさんのことだろうか？　彼は店員ではないけど、彼女たちが聞きたいのはそんなことじゃないのは分かる。これはネコさんが今日いるか、いないかが正しい返事だ。

「あの、その前に私からも一つお伺いしたいのですが――」

きっとこれは、突然増えたフォロワーに関係してるはず……！

「はい、これです。昨日これを見て、この神社前から気になってたから朝から行こう！　ってなって！」

「そ、そうなんですね」

聞いてみれば案の定だった。大した投稿もしていないのに増えたフォロワーは、一人の参拝客の投稿が切っ掛けだったらしい。

『恋文やしろでご利益いただいたよ～！　カフェにいた神主さんが選んでくれた便箋《びんせん》で奉納

したら……告白成功しました!!』

画像と共に投稿されていたのは、ハッシュタグが沢山ついたそんな言葉。そして写っているのは、恋文やしろと恋文屋。それから私とネコさんの姿もぼんやり写り込んでいる。

顔まではハッキリ分からないけど、背格好や雰囲気はしっかり分かる。そして投稿者はというと、手だけしか写っておらず顔は分からない。だけどそのエピソードと、この夕暮れの境内《けいだい》、それからもう一枚の『海を背景にした男女の繋いだ手』の画像。

これはきっと、昨日の最後のお客様だろう。

あの後すぐに告白したのか……。なるほど、だからあんなに急いで時間内に間に合わせたのね。でもあの後すぐだと、まだ恋文は神様に届けていないから、正確にはお社《やしろ》のご利益ではないんだけど……でも、まぁ——

「よかったです。上手くいったみたいで嬉しいですね」

一緒に選び、恋文を書く時間と場所を提供できてよかった。

上手くいったのは彼女自身の力。だけど彼女が『ご利益』と呼んだ、気持ちを伝える勇気を後押しできたのなら『恋文屋』としては本望だ。

「あの、それでその神主さんって……?」

「ああ、えっと今ちょっと出てて……。そうだ、なんで彼のことを?」

この投稿に写っているネコさんは小さいしピンぼけだ。こんな写真でわざわざネコさん目当てに来るだろうか。それともこのエピソードのせい？　ここの神職《しんしょく》に選んでもらったらご利益があった……っていうのは確かに魅力的かもしれないけど、でも、彼女たちのキラキラした目はちょっと違う気がするのだ。

この感じはどちらかというと、ご利益よりもネコさんを見に来たって気がするのだけど……？

「これ、下のほうも見てください。昨日来たって人たちが……ねっ？」

そして見せられた、下に続く返信を目にして納得した。

——これ、一体いつ撮っていたのだろう？

恋文屋の入り口前、ネコさんと並んで写っている写真がそこにあった。『いいね！』の数が凄いし、いくつも付いているコメントも見てみると……

『その神主さんカフェにいた人だよね！』

『かっこよすぎ』

『恋文奉納しに来たのにまた恋するかと思った……』

失敗した。こういうことの想定はしていなかったから、ネコさんに何も言っていなかった。

それにお爺ちゃんと相談もしていない。

「……あれ？　でも皆さん、恋文を奉納されに来たんですよね？」

神頼みするほど好きな人がいて、ネコさん目当てにわざわざ来る？　しかもこのネコさんと写っている画像の人なんて『神主さん……すき』って言ってる。ハートまで付けてるし……？

「あの、えっと、私は付き添いで……あの、画像が何か……？」

申し訳なさげな声が聞こえ、ハッとした。ちょっと色々考えてしまい、意図せず険しい顔をしてしまっていたようだ。

「ああ、いえ。付き添いの方だったんですね。あー……画像はちょっと、宮司《ぐうじ》と相談しないといけませんね……」

もうオープンまで時間がない。お爺ちゃんのお勤めは既に始まってるし、十時からは御朱印の受付も開始となり忙しくなってしまう。

「あ、あの！　それでこの神主さん――」

控えめにだが袖を引かれ、私はツンとつんのめった。対応はここまでにして、扉を閉めて社務所へ行こうとしたのだけど、彼女は答えを求めている。でもネコさんのことは「いる」とも「いない」とも少々言い難い。

と、その時。列の後ろから小さな「あっ」という声が聞こえた。

「さくら？　どうかしたのか」

ああ、このタイミングで帰ってくるなんて……！

「……ネコさん」

名前を呼んでから、しまったと思った。

『ネコさん』は本名じゃないけど、この呼び名はちょっと面倒かもしれない。だって彼女たちは「ねこさん？」「猫さん？」と、彼の顔を見上げ「名前！」「かわいい！」と囁《ささや》き合っている。

これはまたSNSで広まってしまいそうだ……

私はお客様たちに微笑んで、ネコさんを店内に迎え入れ、硝子《がらす》扉をそっと閉めた。

「さくら、何事だ……？」

「うん。あの、ネコさん？　昨日お客様と写真撮ったよね？」

私はスマホを差し出し、例の画像を見せた。

「ああ、撮ったな。小治郎もたまにそうしていたからよいかと思ったのだが……いけなかったか？」

「ううん、いけなくはないんだけど……」

そう、いけなくはない。だけど……なんだろう？　なんだかモヤモヤする。

「それであの者たちは？　まだ開店前であろう？」

「うん。なんか……ネコさんに会いに来たみたいで……」

「ん？」

コテンと小首を傾げたネコさんに、私は事のあらましをささっと説明した。

「――なるほど。昨日の者の恋文は今朝届けたが、良い結果に繋がったのならよかったではないか」

「うん。それは本当に。でもネコさん、今日は忙しくなっちゃうかもしれない……」

のんびり珈琲《コーヒー》を飲みながら、のんびりお手伝いをする約束なのに。それにお猫様であるネコさんに、本当にそんな店員のようなことをさせていいのか……。

「はは、大丈夫だ。料紙《りょうし》を選ぶなど……姫を思い出すな」

「りょうし？」

「ああ、文《ふみ》をしたためる紙のことだ。姫といた昔、どちらがよいかと昨日のようによく訊《たず》ねられたのだ。で、俺はこうして……」

ネコさんは私に両手を出させると、右の掌に猫の手に丸めた手をポンと置いた。

「その日の気紛れで選んでいた」

懐かしそうに目を細め、ネコさんは遠い昔に運んだ恋文を語る。

「ふふっ、それではネコさん、接客もよろしくお願いします」

「ああ、任せるがよい」

「あ、でも写真はちょっと待ってね？　お爺ちゃんに相談してくるから、それまではお断りしてね」

「分かった」

頷いたネコさんをお店に残し、私は社務所へ急いだ。あちらもいつもより混雑しているかもしれないから早めに報告に行かないと……！

そして案の定、お守りや御朱印の授与所《じゅよじょ》前には人だかりができていた。

「お？　さくらちゃん、どうしたね？」

「ああ、やっぱり……！　お爺ちゃん、お忙しいところ申し訳ないんですが、ちょっとお話ししたいことが……！」

私の言葉にピーンときたのだろう。お爺ちゃんはお手伝いの神職《しんしょく》さんにその場を任せ、私と社務所に引っ込んだ。

残された彼はちょっと泣きそうな顔で、続々訪れる参拝客の足音に震えていた。

ごめんなさい、お爺ちゃんはすぐに返します。それまで頑張って……！　私はそんな気持ちを込めて、彼に深々と頭を下げた。

◆

「――というわけなんです」

「はは！　またSNSかい！」

お爺ちゃんは納得したと頷き、スマホの画像を見て笑った。

「いやいや、あの美丈夫なお猫様じゃ無理もなかろうが……ま、桜の時期がちょっと早まったと思えばよい。いやぁ、何故か今日は人が多いとは思ったが、理由が分かればなんとでもなるわ」

「よかった〜……。私のうっかりで神社に迷惑を掛けちゃったらって……！」

「はは！　迷惑でもなんでもないわい！　参拝客が増えるのは有り難いことよ。爺にも御祭《ご》神《さい》様《じん》方にも良いことじゃって。さくらちゃんが気にすることはな〜んにもない」

私はホ〜ッと息を吐き、膝に手をついた。

「まったく……さくらちゃんは変わらんのぉ。真面目過ぎるというか責任感がありすぎるというか……」

「えっ……」

「小さい頃からい一っつも気張ってなあ。ははは。責任持ってやってもらえるのは嬉しいがな、そんなに気張ることはない。ほれ、もっと力を抜いて、さくらちゃんが思うようにやればよい。迷惑なことなど何もない」

トン、と背中を優しく叩かれて、私の中からまた一つ『憑《つ》きもの』が落ちた気がした。

「お爺ちゃん……」

祖父母と暮らしていた私は、高齢の二人に負担をかけたくないといつも思っていた。お爺ちゃんが言う『気張った私』はそのせいだろう。

大人になり一人になって、そう考える癖も薄れてきたかなと思っていたのだけど、どうやら私はまだ子供のままだったようだ。

きっと、さっきお店で感じたモヤモヤもこのせい。私のせいでネコさんやお爺ちゃんに迷惑をかけてしまうんじゃないかって、不安だったのだ。きっと。

「記念撮影はお猫様がお嫌でなければ別に構わんよ。ただ……SNSへの画像投稿は控えてもらおうかの。ほれ、お猫様は神職《しんしょく》じゃのうてお猫様だし、上から突っ込まれたら面倒じゃからな」

上、というのは神社の組織と神様の、二つの意味だろう。どっちも私たちの手の届かない難しい部分だから、そうしたほうが安全そうだ。

「はい」

「でものぉ……。一度お猫様のご尊顔が知られてしまったということは……うう－ん、真似して写真を載せる者も出そうじゃなあ」

「そうなんですよね。昨日の方には、画像を下げてもらえないか交渉してみます」

それから恋文屋としてのスタンスをアカウントに明記しなければ。『当店の従業員の画像をＳＮＳに投稿することはお控えください』と。

ああ、皆がルールを守ってくれればいいけど……

「そうじゃ、さくらちゃん。お猫様の画像を週に何度か、恋文屋のアカウント？　に投稿するのはどうじゃ？　それなら見たい者の欲も満たされよう」

「そうですね……。それなら一応、画像のコントロールは利《き》きますし……」

保存されてしまう可能性はどうにもならないけど。うん。どんな写真を上げるか、どんな風にするかは私の腕の見せ所だろう。トラブルにならないよう……神様とお爺ちゃんにも喜んでもらえるよう、ちょっと考えてやってみよう。

「すまんなあ。面倒になったらアカウントなんぞポイッと捨てて構わんからの？」

「ふふっ、はい。あの……。お爺ちゃん、ありがとう」

私はお爺ちゃんを見つめ、小声でお礼を口にした。するとお爺ちゃんは片眉を上げてニヤッと笑い、子供の頃したように、私の頭を両手でくしゃくしゃっと撫でた。

こうして、大忙しの幕開けとなった日曜日はなんとか乗り切って、無断で上げられてしまっていたネコさんの画像も、無事に削除してもらった。


それからしばらくして。

ネコさんは便箋《びんせん》を選ぶお仕事を楽しんでくれていた。普段は読むだけの奉納恋文に自分も関われるのが嬉しいらしい。

SNSは予想外のことだったけど、ネコさんが楽しそうにしていたし、お客様も喜んでくれたし……それに、カフェのほうも賑わった。

用意したパウンドケーキとケークサレは早々に売り切れてしまったけど、私の淹《い》れた珈琲《コーヒー》を「美味しい」と喜んでもらえたことが何よりも嬉しかった。ああ、私の夢がまた一つ叶った。そう思った。

そして『恋文屋』のアカウントでは、お薦めの便箋《びんせん》や珈琲《コーヒー》の画像と共に、週に何度かネコさんの画像を載せることにした。

しかしハッキリ顔が見える画像は載せない。本物の神職《しんしょく》バイトさんならまだしも、ネコさんはお猫様だからね。どこの誰だ？　なんて突っ込まれたら困ることしかない。

少し長めの前髪で目が隠れている横顔、嬉しそうに笑う口元から下、カウンター席のスツールに腰掛ける後ろ姿。そんなネコさんの姿を選んで投稿していたら、何故か余計に人気が出てしまった。

——その結果、平日である今日も、恋文屋はなかなかの混雑を見せた。

「はぁ……。ちょっと疲れた……」

日が傾き始めた夕暮れ時。ちょうどお客様が途切れたので、久し振りに手挽《てび》きミルを使ってゆっくり珈琲《コーヒー》を淹《い》れていた。

「さくら、ちょっと外に出ないか？」

「え？　でも珈琲《コーヒー》……」

「ほら、桜もそろそろ咲きそうだ。外で一服しようじゃないか」

そう言うと、ネコさんは踏み台を二つ抱え硝子《がらす》扉から外へ。紙ナプキンをその上に広げると、「おいで」と私を手招きした。

「はぁ〜……ここまであっという間だったな……」

こうして休憩に珈琲《コーヒー》を飲むのはちょっと久し振り。いつものカウンター席からよく見えるその枝を見上げれば、そろそろ咲きそうな蕾《つぼみ》が沢山ついていた。

「本当に、あっという間……」

私がここへ来て二週間が過ぎた。きっともうすぐ咲き誇る桜が見られるはず。

「早く咲かないかな」

「そうだな。ここは桜の季節が一番賑やかで美しい……」

「ね、昔もこうだった？　姫君ともお花見をしたの？」

「ああ、勿論！　まあ、俺は桜に寄ってくる鳥を獲った……いや、鳥と遊んだり、木に登っていたりしてあまり花は見ていなかったがなぁ。そういえば梅の花見もやっていたかな？　月見もしたな。団子が美味かったな！　ははは」

「ネコさんの猫時代だもんね……」

平安時代って、ずっとずっと昔だけど、花を心待ちにしてお花見を楽しむのは変わらないんだなぁなんて思ったら、遠い昔ではあるけど、今とちゃんと地続きなんだなと、急にそう思った。

「お団子かぁ……。じゃあ桜の時期は昔も桜餅？」

「どうだったか……？　しかしお社《やしろ》にはよく供えてもらっているな。あれはなかなか美味い」

その味を思い出したのか、ネコさんは唇をペロッと舐める。

「あ、ねえ、ネコさん見て！　あそこ！　ちょっと咲いてない⁉　桜！」

「ああ。恋文坂でも陽当たりが良い場所でチラホラ咲いていたな」

「えっ、本当に？　私もネコさんの朝散歩について行けばよかった……！」

二人で上を見上げ、今にもはじけそうな蕾《つぼみ》を眺める。

坂を上ってくる暖かな海風が、ここにも早く早く春を連れて来てくれればいい。

「――ここにある桜は、あの庭の桜の子孫なのだろうか」

目を細めるその横顔は、昔を懐かしんでいる顔だ。ネコさんはやっぱり、今でも主《あるじ》であった姫君を慕っていることがよく分かる。

「どうだろう？　あ、でも桜ってクローンだって聞いた気がするから……もしかしたらネコさんが見た桜と繋がってるかも」

「くろーん？　よく分からんが……まあ、繋がっているのなら嬉しいな。昔とは何もかも……随分と変わってしまったからな」

ネコさんが見つめる先は恋文やしろ。そこで熱心に手を合わせている女性の手には奉納恋文が握られている。

「ほれ、あの文《ふみ》も。今の文《ふみ》は歌を詠まないし、季節の言葉もない。ご利益と言って俺に便箋《びんせん》を選ばせて、お守りにするからと一緒に写真を撮る者たちの勢いにも驚いたがな。ははは」

「ふふ、本当に！　ネコさんってばすっかり『恋文屋のお猫様』になってるもんねぇ」

「本当になぁ。化けの皮を剥がされたかとヒヤッとしてしまったぞ？」

「ふふふっ」

そうなのだ。『ネコさん』の呼び名と、最初にネコさんが便箋《びんせん》を選び告白成功したあのエピソードがくっついて、いつの間にか『あのネコ神主さんに便箋《びんせん》を選んでもらって一緒に写真を撮るとご利益がある』と、まことしやかに囁《ささや》かれるようになってしまったのだ。

今では『♯恋文屋のお猫様』なんてタグまであって、奉納恋文に使った便箋《びんせん》と、ネコさんと撮った写真がよく投稿されている。ああ、顔はちゃんと伏せられているので、これはお目こぼししている感じだ。

「まだ着物を着ていた時分の恋文は、昔とあまり変わらないと思っていたが……今は全く違う。昔は泣いている女子《おなご》も多かったが、今は多くの者が楽しそうに詣でてくれる。それに、幸せそうな恋文を届けるのは俺も嬉しい」

零れた微笑みは愛しげで、どこか眩しいくらいで。私は心臓がトクリとする気配を感じ、珈琲《コーヒー》を飲んでそれを誤魔化した。

そしてなんとなく気まずくて、私は頭の中を引っ繰り返して話題を探し、しどろもどろになりながら口にした。

「ね、ねえ？　昔の文《ふみ》って……どんなものだったの？　料紙《りょうし》を使うって言ってたでしょう？

どんな紙なの？」

「姫の文《ふみ》はだな……煌《きら》びやかな料紙《りょうし》を何枚か継いで紙を作ったり、香を焚きしめたりして……。それをこう、季節の花を添えたり、その枝に結んだりしていたな」

「へえ……すごい！　手間が掛かってるんだね」

「そうだな。……本当に、それ程までに時間を掛け、毎日書く程の気持ちとはどんなものだったのだろうなぁ」

「え？」

　膨らんだ蕾《つぼみ》の枝がサワサワと風で揺れ、ネコさんの淡い色の髪の毛がくしゃっと乱された。春とはいえ、夕方になると風はまだ冷たい。ここは海風だから、それでもまだ暖かいのだけど。

「もう千年もこの役目をしているが、とんと分からん。姫はいつも泣いたり微笑んだり、こっそり俺にだけ愚痴をこぼしたり……」

「ふふ。そういうところは今と変わらないんだね」

「ん？　んー……そう言われてみればそうか。はは、随分変わったと思っていたが、肝心の部分は変わっていなかったのだなぁ」

「そうだね」

珈琲も冷めてきたしそろそろ中へ戻ろうかと、私が腰を上げた時だった。ふと境内に顔を向けると、見覚えのある姿がそこに。

「あら、今日はもう店仕舞いだったかしら？」

先日の着物のご婦人だ。

ああ、今日は週に一度の彼女が来る日だったのか！　忙《せわ》しなく過ごしていたので、週末以外の曜日がすっかり分からなくなってしまっていた。

「いえ、まだ開いてますよ！　今日も貸し切りです」

「ふふ。今日は恋文の用意はできているから、ゆっくり珈琲《コーヒー》を楽しませていただこうかしら」

「はい！」

「ご婦人、こちらの席が暖かいい。さあ、どうぞ」

「あら、ありがとう」

ネコさんが店に入って、まだ日の当たっている席に彼女を案内する。

「ご注文はどうなさいますか？」

「この前と同じ珈琲《コーヒー》をいただける？」

「あ、はい。『恋文ブレンド』ですね」

先日、準備中だったお店にあったのはそれだけだ。

実はこの珈琲《コーヒー》、今の名前は『恋文ブレンド』だけど、元々は自分のために、自分の好みで作った『さくらブレンド』という。

「あら、素敵な名前だったのね。ふふっ。私ね、珈琲《コーヒー》の種類ってよく分からなくて、普段はあまり飲まないのよ。でも先日いただいた珈琲《コーヒー》はスッキリしていて飲みやすくて美味しくって！　だから今日は楽しみにして来たの」

微笑む彼女のその言葉は、私にとって一日の疲れが飛んでいってしまう程に嬉しい。

「あ……ありがとうございます！」

珈琲《コーヒー》をあまり飲まない人にこんな風に言ってもらえるなんて！　それにまた楽しみに来てもらえたのも嬉しいし、自分好みにブレンドした、元『さくらブレンド』を気に入ってもらえたのも嬉しい。大袈裟《おおげさ》かもしれないけど、ちょっと心が震えた。

「あ、そうだ。よろしければ、あちらからお好きな珈琲《コーヒー》カップをお選びください」

「あら、いいの？　あらっ、素敵なものが色々あるのね。これは迷っちゃうわ……」

そして彼女が選んだのは、貝殻形のソーサーが可愛らしい白の一客だ。夏向きのデザインかな？　とも思ったのだけど、温もりを感じるアイボリー色と、少しザラッとした手触りが、今の季節にも合うと思って並べたカップだ。

私は『美味しくなれ』と願いを込めてお湯を注ぐ。スッキリした味がお気に召したようだったから、ポットから注ぐお湯は気持ち太めに。同じ珈琲豆《コーヒー》でも淹《い》れ方次第で味が本当に変わるのだ。

「——お待たせしました。どうぞ」

「ありがとう！　あら、やっぱり素敵ねこのカップ。珈琲《コーヒー》が馴染むような……優しい良い色」

「はい」

美味しく飲んでもらえますように。心の中でそう言って、私はカウンター内へと引っ込んだ。するとネコさんが、カウンターの指定席で私を手招きした。

「なあに？　ネコさん」

「なんだか嬉しそうな顔をしているな？」

額を合わせるようにして、こしょこしょっと小声で言った。

「……分かる？　あの方『恋文ブレンド』を気に入ってくれたみたいでね、へへ……ちょっと浮かれちゃった」

「なるほど。さくらは店ではあまり感情を揺らさないのに珍しいと思ってな。……お、見てみろ。今日の珈琲《コーヒー》も気に入ったようだ。……よかったな、さくら」

ネコさんがそう言うと、窓側席の彼女がクスリと笑った。

「うふふ、お二人は仲がいいのね。——ね、これとっても美味しいわ。これを飲みながらお花見をしたいくらい！」

「き、聞こえてましたか……⁉　失礼しました！　でも……あの、ありがとうございます」

「いえいえ、こちらこそ。盗み聞きしちゃってごめんなさいね、さくらさん。……あ、やだ私ったらまだ名乗ってないのにお名前を……。失礼しました。浦妙子《うらたえこ》と申します。気軽に妙子と呼んでね」

「あ、弓形さくらです。こちらは……」

ネコさんをなんて紹介しよう？　と一瞬考えたところで、妙子さんがウフフ、と笑ってスマホを取り出した。

「噂の『ネコさん』でしょう？　先週も来たんだけど、すごく混んでいたからちょっと調べてみたの。今日は夕方に来てみて正解だったわ」

「おお、妙子はそれを使えるのか。俺は未だに苦手で……」

「あら。お若いのにネコさんったら。あ、そうそう。ちょっとあなたたち」

と、今度は妙子さんが私たちに手招きをした。なんだろうか？

「これ。この前のお礼に。準備中だったのにお店を開けてもらって、珈琲《コーヒー》まで振る舞っていただいたから……ね？　お好みに合えばいいのだけど」

　そう言って差し出されたのは、地元では名の知れたプリン専門店の保冷バッグ。固めのプリンでちょっと苦いカラメルが美味しくて、私もお気に入りのお店だ。

「ほら、この時期限定なんですって！　プレーンと桜のプリンのセットにしたの、美味しそうでしょう？」

「えっ、桜のプリン？」

　どんなものだろう？　私の中の遠慮する気持ちを押し退けて、好奇心が身を乗り出した。

「桜の塩漬けを混ぜ込んでるんですって！　最近は塩プリンっていうのもあるんでしょう？　あんな感じかしらね」

「わぁ、美味しそうですね！　和の素材の洋菓子かあ……！　あ、でもこのお店のってその……ちょっといいお値段ですし……」

　そうなのだ。だから私もたまーにしか買ったことがない。それから売り切れ御免なので、仕事終わりでは買えなかったという面もある。

「遠慮せずに受け取ってもらえると嬉しいわ。自分の分もほら、買ってあるから。ね？」

「さくら、いただこう。きっと珈琲《コーヒー》にも合う」

　ネコさんは珍しいプリンに目が釘付けだ。もしかしてプリン好き……？

「ふふっ。はい。それでは有り難く……！」

私は看板を仕舞いシェードカーテンを半分下げた。今日は他にお客様が来ないようなので、早めに店仕舞いをして三人で珈琲《コーヒー》を楽しむことにしたのだ。

妙子さんの貝殻のカップには甘さ控えめのカフェオレ。サービスの二杯目だ。そして私たちはいつもの珈琲《コーヒー》に、合わせるのはいただいたプリン！

「はぁ〜……。これ、美味しいですね！　こう、ほんのりした桜の香りがフワッと鼻に抜けて……プリンの甘みと桜の塩漬けの塩気がすっごく合ってる……！」

「本当ね！　こんなに美味しいなんて……あら、カラメルもいつものと違うのかしら。なんだか優しい……蜂蜜《はちみつ》みたい？」

妙子さんに言われて、私も柄の長いスプーンを底まで差し込み掬《すく》ってみた。ああ、確かにプレーン味の濃いカラメルとはちょっと違う。いつもは焦げ茶の色が、これは少し優しい琥《こ》珀《はく》色だ。さて、お味はどうだろう……？

「わ、桜の風味に寄り添う感じで……美味しい！」

「そうね、本当に美味しいわ」

「うん。甘い茶椀蒸しのようだな……？　しかし美味い。それに美しいな、桜が」

ネコさんはプリンの瓶を掲げ、その中に閉じ込められた桜越しに外を覗き見る。

「ここの桜も、もうすぐね」

「そうですね。すごく楽しみではあるんですけど……」

「ああ、彼のおかげで随分と混雑しているものねぇ。フフ」

「そうなんですよね。有り難いことですけども……ね？」

指定席のネコさんは涼しい顔だ。予想外の混雑で先週は木曜の一日しか休みを取れていない。本当ならもっと休みをあげたかったのだけど……

「俺もゆっくりこの席で花見を楽しもうと企んでいたのだが……忙しそうだな？」

「この前の日曜もケーキが二種類とも売り切れになっちゃったくらいだしね。桜が咲いたらもっとお客様が増えるし、混雑対策と一緒にメニューもちょっと考えないとかな。どうせなら桜の時期にちなんだものを出したいけど桜餅ってわけにも……」

そう言って、私はいただいたばかりの『桜のプリン』に目を留めた。

「桜の塩漬けかぁ……」

「ああ、前に桜の塩漬けを添えるのもよさそうだと言っていたな」

「あら、私のお手柄かしら。メニュー……パウンドケーキよね？　それなら添えるよりも混ぜ込んで焼いてしまったらどう？　意外と合うと思うけど」

私とネコさんは顔を見合わせた。

前に桜の塩漬けというアイデアは出たけど、混ぜ込んで焼く発想はなかった。

「そっか。そうですね、こうしてプリンにも使われてるし、あっさり味のパウンドケーキになって美味しいかも……？　あ、でも桜の塩漬けって……？」

ササっとスマホで検索してみると、手作りするのは意外と簡単そうだった。材料となる八重桜も境内《けいだい》に植わっているし、他に必要なものはお酢と塩のみ。漬けたり干したりして……一週間くらいかかりそうかな？

「八重桜か。あれは染井吉野よりも後に咲くぞ」

「えっ、そうなの？　じゃあ今からは間に合わないかあ……」

もし早く咲くならソメイヨシノの開花時期に間に合うかな？　と思ったのだけど、あっさり挫折《ざせつ》だ。

「ね、手作りするのは来年でいいんじゃない？　近くに地元野菜の直売所があるでしょ？　この時期なら『桜の塩漬け』もう置いてあるはずよ。それにあそこのはお薦め！　坂の下の和菓子屋さんもあそこから仕入れてるらしいし、本当に色も香りもいいの！」

「えっ、あそこで売ってるんですか……!?」

和菓子屋さんが自ら作っているか、業者向けの専門店にしか置いていないものかと思っていた。まさか身近に売っているとは……

「あはは、知らなかったのね。やあね、宮司《ぐうじ》さんにでも相談してみればよかったのに。年寄りも意外と色々知ってることがあるのよ？　若い人に気軽に頼ってもらえたら嬉しいものだしね」

ニコリと笑いかけるその顔は、社《やしろ》のお婆ちゃんとも私のお祖母ちゃんとも似ていない。穏やかさが目立った二人よりも、老いて尚華やかだ。だけど向けられた眼差しは、在《あ》りし日の祖母たちを思い起こさせる優しい笑みで、思わず喉が詰まってしまう。

「年寄りだなんて……。妙子さんお綺麗だし、お着物が似合っていて素敵だし、髪も素敵で私も着物を着てみたいなって、憧れます！」

あはは！　と、妙子さんはまた大きく口を開けて笑う。

「嬉しいわ。着物なんて気軽に着てみたらいいのよ。元々は普段着にしてたんだから」

「そうだぞ、さくら。俺など毎日着ている」

「ネコさんはまあ、仕事着のようなものじゃない」

そうして私たちは、お社《やしろ》が閉まるギリギリまでお喋りを楽しんだ。

次の定休日にさっそく桜の塩漬けを買いに行って、新メニューの試作をしてみよう。

それからお爺ちゃんにお願いして、お婆ちゃんの箪笥《たんす》を見せてもらおうと思う。お婆ちゃんは沢山の着物を持っていたし、幼い私に譲ってくれると言っていた。

「お婆ちゃんの着物を着て出掛けられたら嬉しいな」

六　桜と着物

「おはようございまーす！　お爺ちゃん、着物見せてもらいに来ましたー」

案の定、返事はない。

私は鍵のかかっていない玄関を開け家へと上がり込んだ。

昨日のお爺ちゃんとの夕食時に、お婆ちゃんの着物を見せて欲しい、できれば着たい……と伝えてみたら、あっさり許可をくれたのだ。

更に「好きに見ればよい。着てもらえたらアレも喜ぶわ！」とすごく喜んでくれて、「朝は忙しいから勝手に上がって着なさい」とも言ってくれた。

「でも鍵くらい掛けないと……もう、不用心なんだから」

古い日本家屋の冷える廊下を歩き、懐かしいお婆ちゃんの部屋へ。幼い頃はよくこの部屋で、祖母と社《やしろ》のお婆ちゃんとお喋りをしたり、二人に着物を着せてもらったり、二人が着物を着るのをワクワクと見ていたりした。

二人がシュシュッと帯を締め、ただの長い布だった帯が綺麗に形作られるその様は、まるで魔法のようで憧れた。

「ふふふっ、着付けを教えてもらっておいてよかった」

子供の頃には憧れた着物だったけど、大人になってしまえば着る機会も、心の余裕もなくて結局着ていなかった。

「たしかこの辺……あ、あった！　うわぁ……！」

私は教えられていた引き出しを開け覗いてみた。そして、着物を包む白の畳紙《たとうがみ》をそっと開けると、目に飛び込んできたのは鮮やかな花柄。まるで最近のデザインのようにポップでカラフルだ。

「素敵……！」

この箪笥《たんす》に入っているのは、お婆ちゃんに「さくらちゃんにあげる。大きくなったら着てね」と言われていた、お婆ちゃんが受け継いだ着物や、娘時代に着ていた着物だ。

重い包みをいくつも抱え、全部出して畳の上で中身を広げてみた。

大ぶりな千鳥格子、ストライプ、デフォルメされた花柄やシルエットの蝶。古典的ながらも思い切った鮮やかな色味や、パステルカラー、逆に黒なんかもある。

一つずつ見ていると、包み紙にメモ書きが貼ってあることに気が付いた。

「なんだろ?」

『ウール／単《ひとえ》…お洗濯ができます』

『化織／単…お洗濯ができます』

『絹／袷《あわせ》…お洗濯は控えて』

鉛筆書きだけど流麗なその文字は、社《やしろ》のお婆ちゃんのものだ。筆で書かれたものなんて、あまりに達筆すぎて子供の私は「読めない！」と笑っていた。そういえば、御朱印書きも昔はお婆ちゃんが担っていたんだっけ。懐かしいな。

「……本当に私に譲ってくれるつもりだったんだね、お婆ちゃん」

きっとここの引き出しに入っているものは、私でもお手入れがしやすく普段着にできるものが多いのだろう。だって、『お洗濯ができます』がすごく多い！　着物姿に憧れていたけど、確かに絹の着物はちょっと気後れしてしまう。汚してしまったり、皺《しわ》になるのも怖かったのでこれは嬉しい。

ああ、よく見れば絹の二つは、お嫁入りの時に作った着物のようだ。メモの裏側にそんなことが書いてあった。

『勿体なくてほとんど着ていないので、よかったら着てくださいね』

「お婆ちゃんったら……」

付け足された一言に、小柄で朗らかだったお婆ちゃんの笑顔が思い出される。女の子の孫がいなかったから私を凄く可愛がってくれて、大切な着物まで残してくれて……

「嬉しい……」

この、薄ピンクの可愛らしい色は若い子向けかもしれないけど、帯や小物で工夫すれば今の私でも素敵に着られる気がする。可愛らしいけど上品な色だ。

そして小一時間。散々悩んで選んだ着物は、水色で大振りの千鳥格子柄。帯は見た瞬間『これ!』と思った猫の絵柄を選んだ。帯の色は薄い灰色と黒で、白で伸びをしている猫のシルエットが描かれている。

お猫様を祀《まつ》っている神社だからだろうか? お婆ちゃんの着物や帯、小物には猫ものが多くて、可愛くてついつい目移りしてしまった。

「あ、単だとまだ寒いのかな? でも今日は陽も出て暖かいし……中にブラウス着ちゃうから大丈夫かな」

今日はお散歩がてら、地元農産物の直売所にお買いものなので気軽な感じで行きたい。なので洋装ミックスで行こうと思っている。足元はタイツに浅めのブーティで歩きやすさを重視だ。だって恋文坂を下って上るんだもんね!

それでは早速……と、フリルの付いた立ち襟ブラウス、ペチコートとタイツ姿になった私は、机にスマホを置いて着付け動画を流す。

自分で着るのなんて、祖母がいた頃以来だから……おさらいしながら、ね。

◆

「お爺ちゃん」

社務所の裏口から、御朱印書きを終えたタイミングでこっそり声を掛けた。今日は桜が咲く直前の平日だから参拝客は少な目。これが来週だったら、平日でも声を掛ける隙はなかっただろう。

「ん？　おお、さくらちゃん。着物は着られたんか？」

「はい！　今日はこんな感じで……」

私は顔だけ出していた引き戸をスッと開け、全身をお披露目した。

さて。和洋ミックスだけど、お爺ちゃんの反応はどうだろう？

「おお！　可愛いの！　その猫の帯は爺もアレもお気に入りだったやつじゃて、いやぁ嬉しい！」

「あ、そうだったんですね！　私も……お気に入りを着られて嬉しいです。ふふ！」

ひとしきりお爺ちゃんに褒められて、年甲斐もなく浮かれた私は境内《けいだい》をちょっと歩いてみることにした。ネコさんがいないかな……と思ってだ。

今日は桜の塩漬けを買いに行くと伝えていたし、お店はお休み。なのでネコさんも、久し振りの休日を楽しんでいるだろう。もしかしたら遠出をしているかもしれないし、お気に入りの場所でお昼寝をしているかもしれない。

「境内《けいだい》にはいなそうかな……？」

陽だまりが気持ちよさそうな木の上にはいない。お社《やしろ》の屋根にもいなかった。見上げた屋根の上にも、恋文屋のひさしの上にもいなかった。あそこは黒塗りだから暖かくて最近お気に入りだと言っていたのに。当てが外れた。

せっかく着物を着たから見せたかったのだけど……見つからないものは仕方ない。

「出掛けますか」

私はトートバッグにお財布とスマホを入れて鳥居をくぐった。すると――

「さくら！」

「え？」

頭上から声がしたと思ったら、トトン！　と、鳥居から蜂蜜《はちみつ》色の三毛猫さんが降ってきた。

「待っていてよかった。さあ、出掛けよう」

「え？　ネコさんも一緒に行くの？　お買いものだよ？」

「ああ、そうか。荷物持ちをするなら人型のほうがよいな」

そう言うと、ネコさんは目を閉じフゥッと一つ息を吐いた。するとネコさんの姿が揺らぎ、次の瞬間足元ではなく、最近馴染んだ頭の少し上から声が聞こえた。

「さて、行こうか。さくら、その着物とっても似合っている。可愛いな」

そこでは、いつもの神職《しんしょく》姿のネコさんが私に手を差し出して笑っていた。

「び……っくりした」

私は「驚かせないで！」と言いその手を軽く叩く。

「あ、でもネコさん……人型で外を歩いても大丈夫なの？　何か制約とかない？」

「ああ、昔試したことがあるから大丈夫だ。小治郎にも散歩に行くと言ってある」

「大丈夫ならいいけど……でもお爺ちゃん、猫の姿でお散歩だと思ってるんじゃない？」

「そうかもな？　しかし構わんだろう。俺の自由だ」

「ネコさんがそう言うならいいけど……」

でも、ちょっと顔がにやけそう。こうして境内《けいだい》の外を二人で歩くなんて……なんだか楽しくてワクワクしてしまう。この普段着の着物がまるで晴れ着になったような気分だ。

「さくら、さくら。その髪はどうやっているのだ？」

ネコさんが私を上から覗き込み、珍しくアップにしていた髪を不思議そうに見ている。

「これはね、片側を編み込んで、残った部分は三つ編みにしてこう……捻《ねじ》ってピンで留めてるの。着物だからアップにしたほうが可愛いかなって」

「ああ、可愛い。いつものこの猫の飾りがまたよいな」

「そうでしょう？　ほら、帯も猫だから合わせてみたの」

頭に猫、帯にも猫、そして隣にも猫で今日の私は猫づくしだ。

「で、今日の出で立ちはどうしたんだ？　さくらの着物姿など七五三以来だな」

「……えっ、ネコさん私の七五三も見てたの⁉」

「見たぞ？　三歳の時は幼すぎて覚えていないのも無理はないが……ああ、いや。七歳も無理か」

ネコさんは何かを思い出すように斜め上を見て、プッとふき出した。

「えっ、なに⁉」

「さくら、覚えていないか？　ここへ来た時にはもう『着物を脱ぎたい、頭も重い』と泣いていて、しばらくして寝てしまった」

「え？　あー……ああ、そういえばそうでした……」

あの駄々こねを見られていたとは。子供の頃のことだけど、ちょっと恥ずかしい思い出だ。あれは多分、早朝からの着付けと髪結いに疲れたのだと思う。

「うん。あれは可愛かった。ほら、泣きすぎて目の周りが真っ黒になっていて……」

「あー恥ずかしい……。そうだ、ネコさんいたかも……大泣きしてる私を見て笑って、可愛いって……揶揄《からか》われてると思って余計に恥ずかしくて泣いたんだよ？　多分」

私は笑うネコさんを、恨めしげに見上げてやる。

「そうだったのか。いや、あの子供らしい振る舞いが愛おしくてなぁ」

「そう？　でも今思うと……一生懸命やってくれた祖父母にも、社《やしろ》のお爺ちゃん、お婆ちゃんにも悪いことしたなぁ」

今になれば七五三って、お金も手間も掛かっていただろうし、私以上に大人が大変だったろうと理解できる。

「やり直せるならやり直してあげたいなぁ、七五三。でももう、社《やしろ》のお爺ちゃんとネコさん以外はいなくなってしまったね。後悔ってしたくないなぁ……」

「いいや、さくら。いくらでもやり直せる。ほれ、今日の着物姿などもやり直しであり、小治郎にとっては喜びの追加だ」

そう言いネコさんは、俯いた私の頬を両手で挟み上向かせ、ニッコリと笑い掛ける。

「うん、本当に可愛い」

真正面からそんな風に言われるとさすがに照れる。それにネコさんの顔がとっても近くてドキリとしてしまう。

「あ、ありがとう……」

ドキドキと鳴ってしまった心臓は気になるけど、でも、ネコさんが褒めてくれるのも笑ってくれるのも嬉しくて、私もにっこりと微笑みを返した。

「そうだ。さくら、ちょっと回り道をして行かないか？　坂のほうにも菜の花が綺麗な場所があってな、どうだ？」

「うん、行きたい。……ふふっ、毎日のお散歩で見つけたの？」

「まあな」

ぽかぽか陽気の中、私たちはほんのちょっと指を絡めた控えめな手繋ぎで坂を下っていった。

「あ、黄色！　ネコさん、菜の花畑あそこ⁉」

「そうだ。一本横道に入るだけなんだが……さくら、足下に気を付けろ」

ネコさんが入ったのは本当に狭い路地。この辺りは古い建物も多いせいか、こんな小さな道が残っている。

ネコさんに手を引かれ瓦屋根の隙間を抜けると、両側に黄色の絨毯《じゅうたん》が現れた。紋白蝶《もんしろちょう》も飛んでるし、あ、子猫がその蝶を追いかけて菜の花の中で遊んでいる。

「ふふっ、可愛い！　わぁ……すごい、きれい……」

暖かな日差しに黄色の花が眩しいくらいだ。それに足下は砂利道で不安定。だからネコさんがずっと手を繋いでくれているのだけど……

「これを、ずっとさくらに見せたかった。今年は見せることができてよかったなぁ」

ネコさんは日差しに溶ける朗らかな笑顔でそう言って、私のこめかみ辺りに頬ずりをする。

「わっ、ネコさん危ない……」

ぐいぐいと押し付けるように擦り寄られたから、トトッとよろけた足が小石に取られた。

「おっと」

抱き留めるように腕を掴《つか》まれ、腰を支えられて心臓が跳ねた。こんなの、他の人にされたら絶対にゾワッと嫌な気持ちしかしない。嫌な意味でしか心臓は跳ねたりしない。

「はは、すまない」

ご機嫌で尚も私に擦り寄るネコさんからは、陽だまりの匂いがしている。きっと菜の花畑で遊んでいる子猫たちも同じ匂いだろう。

「う、ううん……」

ああ、困ったなあと思ってしまった。

ネコさんは恋を知りたいなんて私に言ったけど、これじゃあまるで――。私のほうが教えられてしまいそう。

「……あ。ネコさん尻尾、出てますよ?」

「む? おっと、気が緩んだか」

『小春日和《びより》』という言葉は、本当は晩秋から初冬にかけての暖かい日を指すと聞いたけど、それじゃあ春先の、少し陽ざしに目が眩《くら》みそうなこんな日のことはなんて言うのだろう?

――『猫日和《びより》』なんていいかもしれない。

私は隣を歩く、薄い菜の花色の髪と、空と碧《みどり》の瞳を持つネコさんを見て、そう思った。

◆

ネコさんの肩には、瓶詰めの『桜の塩漬け』が入ったお買いもの用トートバッグ。神職《しんしょく》姿にはちょっとチグハグでなんだか可愛らしい。

「直売所でもネコさんのこと知られてたね」

「そうだなぁ。寺も神社も多くあるこの界隈《かいわい》で、この格好はそんなに珍しくもないだろうに……」

「ふふっ。ネコさんは目立つからね」

自分が人目を引いていた理由に思い至らないあたりがネコさんらしい。

今日は着物の私の格好も目立ってはいたけど、彼の場合はそれだけじゃない。神社にお詣《まい》りに来る人間だけでなく、近所にもＳＮＳの影響で『ネコさん』の存在が知られていたのだろう。

私と社《やしろ》のお爺ちゃんだけが知っている秘密の存在だったのに……なんてちょっと思ってしまうけど、色んな人に声を掛けられ、ネコさんが楽しそうにしていたのでまあいいかと思った。

部屋へ戻った私たちは、早速テーブルに材料を出して試作に取り掛かる。材料も手順も、基本的にいつも作っているパウンドケーキと同じだから慣れたものだけど……

「……袖が邪魔かも」

エプロンは掛けたけど、着慣れぬ着物の袖が気になった。洗濯できるといっても汚したくはない。

「あ、だから割烹着《かっぽうぎ》だったのかな」

キッチンに立つお婆ちゃんの姿を思い出すと、愛用していたのはエプロンではなく割烹着《かっぽうぎ》だった。この袖のせいだったのか。

「どれ。さくら、ちょっとそのままで」

「え？」

そう言うと、ネコさんはどこからともなく一本の紐？　長いはちまきのようなものを取り出し、私の背中へ回るとシュシュッと袖をまとめてくれた。

「わ、襷《たすき》掛け？　これ、意外と動きやすいかも……」

「ああ。これで袖は気になるまい」

うん、袖は大丈夫そう。屈《かが》むと帯がちょっと気になるけど……パウンドケーキ作りには問題なさそうだ。

お婆ちゃんの箪笥《たんす》にはもっと柔らかい帯もあったから、あれだったら動きやすかったのだろうと思う。確か……兵児帯《へこおび》だったかな？　子供用の帯というイメージがあったけど、最近は大人でも上手く使っていると聞いた。雑誌なんかでも可愛い結び方をしていたし、今度少し調べてみよう。

「これなら、たまには着物でお店に立つのもいいかもしれないね」

「ああ、洋服もよいが着物もよく似合っている。よいのではないか？　俺も楽しみだ」

神社カフェなのだし雰囲気的にも合うかもしれない。今はちょっと忙しくて余裕がないけど、桜の時期が落ち着いたら冒険してみるのもいいだろう。

なんだかネコさんも嬉しそうにしてるし……ね。


「いい香り……」

焼き途中のオーブンに張り付き、ぽそりと呟いた。

いつもなら徐々に香ばしさやバターの匂いが漂ってくるけど、今日はちょっと違っている。

ふんわりと優しく鼻に響いてくるこの香りは――

「桜餅？」

「いや、桜の塩漬けの香りだろう？」

「うん、そうなんだけど……」

桜の塩漬けといえば私のイメージは桜餅なのだ。でも、そう。桜餅よりも優しくて、まろやかな香りに感じる。パウンドケーキの生地と上手く馴染めばいいけど……

ピピッ、ピピッとオーブンが焼き上がりを告げた。ゆっくり扉を開けてみると――途端に飛び込んできたのは、甘く爽やかな桜の香りだ。

「うわぁ……！　いい香り！　桜だぁ〜！」

「ああ、これは美味そうだ」

「ねぇ、ネコさん見て、ほら！　桜の塩漬け、薄《うっす》らだけどちゃんとピンク色！」

焼いたのは二本。どちらも生地に桜の塩漬けを混ぜ込む形にしたが、一つはお試しで表面にも桜を並べてみた。カフェでの提供時には切ってしまうけど、カウンターに置いておく時の見栄えを考えてみたのだ。

外国のカフェなどで、硝子《がらす》の蓋がかぶせられたクッキーやマフィンがカウンターに並んでいる、あれをやってみたいと思ってのお試しだ。

「ううーん……でもやっぱりちょっと色がイマイチかな？　これならお皿に桜の花を飾ったほうが綺麗かも……？」

私はしゃがみ込み、目線をテーブルの高さにして見たり、ちょっと離れてパウンドケーキを見たり。小さなキッチンでああでもないこうでもないと、あれこれ喋り、スマホで撮影しながらパタパタと動き回っていた。

と、ネコさんが「ははは！」と笑い声を上げた。

「さくらは夢中になると子供のようだな」

そう言われて、はたと手を止めた。そしてみるみるうちに頬が熱くなる。

「だ、だって、予想より上出来で……つい……！」

ああ、恥ずかしい。本当に子供のようにはしゃいでしまった。スマホにはアングル違いで何枚ものパウンドケーキが収められているし、立ったりしゃがんだりを繰り返したから着物の裾も乱れてしまっている。

「ああ、よい匂いで上出来だ。さくら、まずは試食をしてみようではないか」

「う、うん！　そうだね。えっと、ちょっと待って……」

パウンドケーキを型から出してカットする。お皿に載せたら用意しておいたクリームを絞り、桜の塩漬けも添えた。慌てすぎてクリームがちょっとはねてしまったけど、エプロンのおかげで着物は無事だ。

「ネコさんお待たせ……！　さ、試食して――」

「さくら」

ネコさんは私が持ったお皿を取り上げ、そのまま正面から私の頬に顔を寄せた。そして頬に感じる「ザラリ」という舌の感触。

「クリームが付いていたぞ？　まったく今日は子供のようで本当に愛らしい」

「ね、ネコさん……！」

未だペロペロと頬を舐める仕草は猫そのもの。ああ、とても猫らしい。ネコさんだから全く不自然ではないけれど、でも人型では……そう、なんだか、ふしだらだ……！

「も、もういいから、ほら、試食しよ……！」

「うんうん」

グイグイと体ごと押しやって、小さなダイニングテーブルに向かい合わせで座った。

「ネコさん？　今みたいなこと、外では絶対にしないで……ね？」

「ん？　分かった」

本当に分かってくれたのだろうか？　口周りを美味しそうに舐めているその姿を見やり、私は今更ながら再び頬を熱くした。

◆

「ネコさん、まだ熱いからね？　猫舌だよね……大丈夫かな」

「どうだろうか」

ネコさんは首を傾げつつ、恐る恐る舌を出しパウンドケーキを舌先でつつく。が、その途端。ガタン！　と大きく椅子から跳び上がったかと思うと、ネコさんの頭には猫の耳がピン！　と立ち、二又の尻尾まで飛び出した。

ああ、よっぽど熱かったのだろう。その顔はちょっと赤く涙目だ。

「……ッ!!」

「大丈夫⁉　もう……」

まだ熱いパウンドケーキにフォークを刺し、フーフー息を吹きかけると白い湯気が揺れた。

ああ、これは猫舌じゃなくても熱いはず。もっと冷ましてから試食するべきだったかな。でも早く食べてみたかったし……。

そして私は、もう一度フォークにフーッとやって、手を伸ばし、向かい側に座るネコさんに差し出した。

「はい、どうぞ」

「いただきます……ん、ん！　さくら、んまい！　よいぞ、これは！」

出たままの耳が今度は真上に立って、嬉しそうにピピピッ、と小刻みに揺れている。

「ほんと？　じゃあ私も――……んん～！　すごい！　これ！　春の味だね！」

一口食べた瞬間、口に広がったのは桜の香りだった。

だけど薔薇《ばら》や梅のような強い香りではなくて食べやすい。桜は元々が控えめに香る花だ。

混ぜ込んだ塩漬けが生地全体に馴染み、強すぎず、弱すぎず……そう、咲き始めた桜を眺めている、あの空気感に似ているかもしれない。

ほんのりと口の中に塩気と香りが広がって、このケーキを食べるだけであの薄紅色に包まれた時の幸せな気持ちが湧いてくるようだ。

「……うん。それにこれ、珈琲《コーヒー》にも合いそう」

「そうだな」

「ネコさん、ちょっとカフェに行こっか。素敵なカップに珈琲《コーヒー》を淹《い》れて試食しよ？」


お休みの店内は、窓を締め切り、シェードカーテンも下ろしているので薄暗い。私はカウンター近くのシェードカーテンを半分だけ開け、手早くお湯を沸かし珈琲《コーヒー》を淹《い》れる。気は急《せ》くけどここは焦ってはいけないところだ。

むしろ時間は掛かっていい。そのほうがパウンドケーキの熱は冷め、味も少し落ち着いてくれる。

「はい、召し上がれ」

「ああ、やっぱりさくらの珈琲《コーヒー》はよい香りだな」

まず匂いからいくあたり、やっぱりネコさんは猫っぽい。私も彼に倣《なら》って珈琲《コーヒー》の香りを楽しみ、それからパウンドケーキを一口。

うん。やっぱり少し時間をおいたほうがしっとり感が増して食べやすい。それから桜の塩気が先程よりも多少強く感じられる。

「お、クリームを付けると……なかなか面白いな。舌触りが変わるような……？」

「本当？　……あ、ほんとだ。んー……もうちょっと甘さ控えめにしたほうがいいかな」

そうだ、桜の塩漬けを教えてくれた妙子さんにもお礼をしなくちゃ。来週……その頃にはもう桜は咲いているだろうか？　咲いていたら外にベンチを置いて、お花見をしながら珈琲《コーヒー》を楽しんでもらいたい。

「さくら、美味しいな」

「うん」

「早く花見をしながら珈琲《コーヒー》を楽しみたいものだ」

「そうだね」

ネコさんはお気に入りのカウンター席から、今か、今かと開花を見守っている枝に視線を向けた。シェードが下がっているから今日は見えないけど、桜が咲けばその席はお花見の特等席になるだろう。

「いや、しかし恋文屋は忙しすぎるし……花見を楽しむ余裕はあるだろうか……？」

「そこは大丈夫。ちゃんとお休みも取るからね」

私たちはもうすぐ来る桜の季節に想いを馳せて、ふふふ！　と笑い合った。

静かな薄明りだけの店内。音楽もお客様の声もない空間に二人。普段の恋文屋とは真逆の非日常の空間が、何故だか不思議と落ち着く。

このまま、この時間をもうしばらくゆっくりと楽しみたい。目を閉じ、そんな風に思った時だった。

「――誰《た》ぞ来たようだな」

「え？　あっ……」

半分だけ開けたシェードカーテンの窓から、誰かが店内を覗き込んでいた。

白のワンピースにベージュのコートを着た若い女性だ。でもそのピンクブラウンの巻き髪にも、長い睫毛《まつげ》に彩られた茶色の瞳にも見覚えはない。

突然途切れた心地よい時間をちょっと残念に思い、私は硝子《がらす》扉を少しだけ開けた。

「どうかされましたか？」

「すみません、お店……開いてます？」

「いえ、ごめんなさい。今日は定休日で……」

「でも今珈琲《コーヒー》飲んでましたよね？　ちょっとだけお店開けてもらえませんか？　あの、ここで便箋《びんせん》を買いたくて！　あと……」

「ごめんなさい。今日は内々で試作をしていて……お客様はちょっと……」

「せっかく来たのに……」

彼女はシュンと肩を落とす。ああ、これは困った。楽しみに来てくれたのは嬉しいけど定休日は守りたい。だって、私にとって久し振りの、せっかくのお休みなのだ。

今日くらいは……ネコさんとゆっくり珈琲《コーヒー》を楽しみたい。

「さくら、どうした？　珈琲《コーヒー》が冷める」

「あ、ネ――」

「あっ！　『ネコさん』⁉」

彼女の弾んだその声に、私とネコさんは顔を見合わせた。

随分粘るなと思ったらネコさん目当てだったのか。最近はネコさんに会うのが目的の人もいるし、奉納恋文用の便箋《びんせん》を選んでもらうことが目的の人もいるけど……。彼女はどちらかといったら前者だろうか。

思わず溜息を吐きかけたその時、彼女の後ろから男性が声を掛けた。

「なあ、定休日って書いてあるだろ？　あまり無理を言うなよ」

「無理は言ってない！　だって人がいたし、それに『ネコさん』に便箋《びんせん》を選んでもらって、一緒に写真を撮って、そうしたほうがご利益があるんだから！」

「はぁ。すみません、彼女がご無理を――」

軽く頭を下げ私にそう言った彼が「あ」と小さく声を漏らした。そして目と目が合って、私は「あ」を呑み込み、一瞬見開いた目をそっと伏せて言った。

「いえ、ご理解いただけましたらそれで」

にこりと口元だけで微笑んで、未だ食い下がろうとする彼女には、大袈裟《おおげさ》なくらいの笑顔で深々と頭を下げた。

「はぁ……」

硝子《がらす》扉をしっかり施錠して、私は大きな溜息を吐いた。

心の奥がひんやり冷えているのが分かる。さっきまではあんなに楽しかったのに。桜の蕾《つぼみ》のように柔らかくほころんでいた私の心は、一気に硬い蕾《つぼみ》に逆戻りをしたよう。心が冷えて、硬く、硬く、閉じていってしまいそう。

「さくら、大丈夫か？　俺のせいで面倒を掛けたか」

「ううん。ネコさんは何も。むしろ私のほうがごめんなさい。珈琲《コーヒー》冷めちゃったかな」

ネコさんのいる後ろは振り向かず、私は半分開いていたシェードカーテンを三分の二まで下げた。これならもう、外から中の様子は窺《うかが》えない。暗くなってはしまうけど、少し早い黄昏《たそがれ》時のようで、趣きがあってこれもいいかもしれない。

「さくら？」

斜め上から私を覗き込むその瞳を避けて、だけど笑顔は作り、私はその隣をそそくさとすり抜ける。

「ああ、やっぱり。ちょっと冷めちゃったね。ネコさん、淹《い》れ直そっか。今度はどの豆がいいかな……あ、そうだ。せっかくだから新しくブレンドして――」

見つめるその気配に背を向けて、私はカウンターの中にしゃがみ込んだ。

「さくら。どうした」

カウンターの上からネコさんの声が降ってくる。いつものように透明で優しい声だ。

ネコさんが心配してくれているのは分かっているのに、私は全てに気付かない振りをしてしまう。

「さくら。そんなに嫌なことだったのか？」

優しくて柔らかいその声は、冷えてしまった私の花曇りの心とは雲泥《うんでい》の差だ。

――ああ、嫌だ。優しいネコさんに甘えて、ただ押し黙って、これじゃ子供の頃と変わらない駄々こねだ。私の瞳に、じわりと薄い涙の膜が張る。

「さくら。さっきの男……知り合いか？　空気が揺れた」

「……分かるんだね。うん。知り合い。大学の時にちょっとだけ、ね」

ああ、ネコさんてば。私が見て見ぬ振りをした痛い所をしっかり突いてきた。未だあの人に揺さぶられてしまう自分が嫌で、ハッキリ認識をしたくなくて分からない振りをしたのに。

空気が揺れただなんて、人型でもさすがは気配に敏感な猫。

「ちょっとだけ、とは？」

「うーん……ちょっとはちょっ……わっ⁉」

いつまでも背を向けたままの私に腹を立てたのか、ネコさんはカウンターに乗り上げると、屈《かが》んだ私の両腕を掴《つか》みグイッと引いて立たせた。そしてダンスでもするようにクルッと私を回して、目と目を合わせる。

「何が、どう、ちょっとなのだ？」

少し首を傾げ私を見るネコさんの眉間には、初めて見た皺《しわ》が刻まれている。

「ええ……っと……多分、ネコさんが思ってる通りです」

「さくらにこんな顔をさせるような仲だったということか」

いつもは涼やかで優しいネコさんの声が、低く尖《とが》っていた。こんな声も初めてだ。

「……ネコさん？」

「さくら、こっちへ来て座れ。珈琲《コーヒー》を淹《い》れ直す。口直しだ」

「え？　だから私が今……」

「いい。俺がやる」

そう言うとネコさんは、私と入れ替わりカウンター内に入って珈琲《コーヒー》を淹《い》れ始めた。

たどたどしい手付きにハラハラするけど手順は合っている。浅葱《あさぎ》色の袴《はかま》姿で珈琲《コーヒー》を淹《い》れているのはなんだか不思議で、一生懸命に震える手でお湯を注ぐネコさんが可愛くて、そんな姿を見ているうちにどうしてだろう？　あんなに冷えていた心が、ほんのり温まってきた気がする。

「さくら」

ぼんやりネコさんを眺めていると、私の前に珈琲《コーヒー》が置かれた。

「さあ、『桜のパウンドケーキ』の試食をやり直そう」

「……うん。いただきます」

外からはあの二人の声がまだ聞こえているけど、もうシェードは閉めたし我関せずでいいだろう。

だって今日は、ネコさんとゆっくり過ごせる貴重な日。心を曇《くも》らせたり冷やしたり、そんなことに時間を使うのは勿体ない。

私は立ち上る香りを嗅いで、ちょっと熱い珈琲《コーヒー》を一口。

「ふふっ……。美味しい」

「……嘘を吐くな。さくらが淹《い》れるいつものものより苦いし渋い」

それに香りもイマイチだ。ネコさんはそう言いながらチロッと舌を出している。ああ、先っちょが赤くなっている。

「ネコさん、火傷《やけど》しちゃった？」

「少しだけだ」

ネコさんはほんの少し頬を赤くさせ、スイッと私から目を逸らす。

「さくらと同じようにやったはずなのになぁ？　美味しく淹《い》れるには練習が必要だ」

「ううん、ネコさんの珈琲《コーヒー》も本当に美味しいよ？　それに練習なんかしなくたって、私がいつでも美味しい珈琲《コーヒー》を淹《い》れてあげるから大丈夫」

私はそう言い、珈琲《コーヒー》をもう一口。

ネコさんは不本意そうだけど、今の私にはこの珈琲《コーヒー》がぴったりだ。

ネコさんの、ちょっと熱くてちょっと苦い珈琲《コーヒー》が、私の心を温めてくれた。どんより曇《くも》った気持ちも晴れたし、冷えて固まりかけた柔らかな部分もほぐれた。

「しかし……。俺だって、さくらに美味しい珈琲《コーヒー》を淹《い》れてやりたいじゃないか」

ちょっと拗《す》ねたように言うネコさんは堪らなく可愛くて、今は猫の姿ではないのに抱き締めたくなってしまった。

七　縁

「それで、さくら。さっきの男とのちょっとしたとは？」

「大したことじゃないし面白い話でもないよ……？」

正確には聞かされた人が面白いかではなく、話す私が面白くないだけだ。本当に大したことではないけど、それでも未だ私の胸に突き刺さっている小さな棘《とげ》の話ではある。

「ネコさん……聞きたいの？」

「聞く」

その返しに思わず溜息を吐きそうになったけど、でも恋文やしろのお猫様なら聞いておいてもいい話かもしれない。世の中には色々な恋愛があるんだよ、という一例だ。

「……あのね、昔あの人に『可愛げがない』って言われたの」

私はカップの中の珈琲《コーヒー》を見つめ口を開いた。

「あの人はきっと、素直に寄りかかってくれる女の子を期待していたんだと思うの。フワフワして可愛らしい……さっきの子みたいな ね」

本当にそうだ。あの子はそのまんま、あの人の好みのように思える。

「あと『黒髪じゃなくて少し色入れない？　巻いてよ』って言われたりとか、祖母仕込みの私の地味なお弁当を見てがっかりされたりとか……。なんかね、外見の印象で、私のこと大人しくてほんわかした女の子だと思ってたみたいで……」

話しているうちに色々と覚えている自分に気が付き驚いた。あの人の顔なんて、さっき会うまで思い出しもしなかったのに。

「――さくらは、あの男を好きだったのか？」

「うーん……多分、最初はね。でも、私が理想通りにならなかったのが気に入らなかったみたいで、可愛くないって言われてポイッと捨てられたんだよね」

今になると笑い話にもならない、どうしようもない話だ。それなのに、あの時刺さった小さな棘《とげ》はチクチク、チクチク。今も私の身の内に刺さり続けている。

「きっとそんなに好きじゃなかったんだよね、私も」

多分だけど、私が持っていたのは好きという感情ではなくて、自分を望まれることが嬉しかったというか……なんだか自分勝手な感情だったように思う。私だって、みんなのような恋ができたらいいなとは思っていたのだけど、理想がすれ違ってしまっていた。

「ネコさんもがっかりしたでしょう？　恋文を書くような素敵な恋愛じゃなかったの。可愛げがないとダメなんだよね……やっぱり」

本当に、今となってはなんで付き合ったのかと思うけど、大学一年生から見た先輩というものは何故か素敵だった。それに、真面目にコツコツ、堅実に毎日を積み重ねていた私には、私に声を掛けた、毎日楽しそうなあの人がキラキラして見えたのだ。

「……がっかりしてなどない」

「そう？　でも――」

――とっても機嫌が悪そうだ。ムスッと口を結んでいるし、綺麗な瞳は半眼になってるし、もう誰もいない硝子《がらす》扉を睨《ふさわ》んでいるし。

こんな私は恋文屋には相応しくないと思われてしまったのかもしれない。そう思ったら、喉がギュッと苦しくなって、指先が冷たくなって。私はぬるくなった珈琲《コーヒー》のカップをそうっと両手で包み込み、ネコさんの気配をただ窺《うかが》っていた。

「……さくらの髪は綺麗だ。真っすぐで艶やかな黒髪が美しい」

「…………え？」

私は目をパチリと瞬《また》き、隣を見上げた。

「それから、小治郎にも俺にも容易に頼らず一生懸命なその心根も美しい。ああ、疲れたらいつでも寄りかかってくれて構わないと思っているぞ？　それにさくらが作る料理は美味いし、地味というのはよく分からんが……美味いのは確かだ」

ネコさんは空色と碧色《みどり》の瞳に私を映し、真っ直ぐに言葉を紡ぐ。

「それと、もう一度言っておく。さくらは可愛い。幼い頃も、今も、ずっと可愛くて愛らしい。俺のお気に入りの大事な娘だ」

「ネコさん……」

「あの男とさくらには『縁』がなかっただけのこと。もうずっと前のことだろう？　さくらにも学ぶところがあった。それだけでよい。だから……そんな風に心を硬くして、いつまでも棘《とげ》を抱えていることはない。もう彼奴《あやつ》との縁は繋がっていないのだから」

ネコさんは私の肩をポンと叩いた。するとどうだろう。心が硬くなって、チクチクと私を苛《さいな》んでいたあの棘《とげ》がスルリと抜け落ちた。

「ネコさんって……本当にお猫様なんだね……」

「ん？　何を今更」

ネコさんは首を傾げるけど、だって今、ネコさんは私の肩を叩いただけで何かを祓《はら》ってくれた。言葉とその掌で、私の心にこびりついていた煤《すす》を払い、綺麗にしてくれた。

恋文やしろの、神様の御使いのお猫様の力だと思ったのだ。

「ありがとう、ネコさん」

じんわりと心が温まって、私は嬉しい気持ちのままに微笑む。するとネコさんもにっかりと笑い返してくれる。

「――お？　あの男だけでなく、あの娘もここには縁がなかったか……まだ縁が繋がる時期ではなかったようだな」

「え？」

「話してもよいのか？」

ネコさんが外にチラリと視線を向けて言う。その視線の先は恋文やしろが建つ方向。もしかして、あの人とあの子が恋文やしろにお詣《まい》りを……？

前に『個人的なお詣《まい》りの内容は話してはいけない』と言ったからの問いだと思うけど……。ネコさんが覚えていてくれたのは嬉しいけど、気にはなる。だって、あんな風に追い返した後だ。

猫と女の子は鋭いもの。もしかしたらさっきの彼女は、私とあの人が知り合いだったことに気付いたかもしれない。一瞬だったけどあの空気感だもの。

「うーん……。個人的な秘密とかじゃなければ……話していいです」

「うむ。では話すが……あの娘、あの男との『縁』を強固に結んでもらいに来たようだが、残念ながら恋文の用意がない」

「ああ」

ここで便箋《びんせん》を買って書くつもりみたいだったもんね。まあ、ネコさんに会いたがってた感じでもあったけど。

「文がなければ俺は想いを配達してやることも、縁を繋ぐ手伝いをすることもできない。しかもあの男には信心がない。まったく残念だ。あの二人は、俺とも、さくらとも、恋文やしろとも縁がなかったようだ」

はぁ〜あ、と、ネコさんは大袈裟《おおげさ》に溜息を吐き、ニヤッと唇の端を上げて見せる。

「……もう。神様の御使いなのにそんなこと言って」

「構うまい。使いにだって好みはある」

「ふふっ。……ネコさん、ありがとう。なんだかね、ずうっと刺さったままだった氷の棘《とげ》が溶けたみたい。きっと……今日のこれも『縁』だったんだね」

冷たい棘《とげ》を抱えた私がいて、そこにその棘《とげ》を刺した人が来て、棘《とげ》を写したような可愛らしい彼女もいて、そしてネコさんが私の傍《そば》にいてくれた。

「さくらと俺との縁は……ずっと昔から繋がっている」

小さな声で言うネコさんがちょっと拗《す》ねた顔を見せている。でも何故だろう？　私の言葉のどこかに不機嫌にさせる要素があったのだろうか。

「もしも……さくらが誰かと縁を結びたくなったら、恋文を用意してやしろに詣《まい》れ。全身全霊をかけて、俺が縁を繋ごう」

ネコさんの横顔の、少し伏せられた長い睫毛《まつげ》が綺麗だ。陰り始めた空のオレンジ色に照らされてる今は尚更で、文字通りなんだか神々しい。

「うん。ありがとう。でも、多分しばらくはないと思うよ？　というか……もしかしたらずっとないかも」

だって今は、恋文屋を始めたばかりでそんな余裕はないし、刺さっていた棘《とげ》は抜けたけど、その傷跡までは一瞬では癒《い》えない。

それに、さっきネコさんが言ってくれた『容易に頼らず一生懸命なその心根も美しい』という言葉が嬉しかったから、しばらくはお仕事を頑張りたいと思った。

――可愛げがないと言われた私を、可愛いと言って見守ってくれるネコさんに報いたいのかもしれない。だって、こんなに大事にしてくれるの……ネコさん以外にいない。

「そうか？　詣でないのか？　うん、それならそれで……いや、ホッとした」

「え、ホッとした？」

「ああ、ホッとした！　それならば、ずっとこの席で珈琲《コーヒー》が飲めるということだろう？　俺にとってはなんとも喜ばしいことだ」

「そう？　そっかあ。じゃあ私は、もっと美味しい珈琲《コーヒー》を淹《い》れられるように頑張るね。あ、そうだネコさん、もしまたさっきの子が来たら……」

「ん？　追い返すのか？」

「ううん、そうじゃなくて、営業中に来て、ちゃんと作法を守ってお詣《まい》りしたら……『恋文』を配達してあげてね」

「勿論だ。俺は恋文配達人だからな。しっかと届けよう。まあ、縁が繋がるかは神のみぞ知る——というやつだがな」

「うん。それでいいんじゃない？　神頼みだもん。神様の気紛れにお任せだよね」

私とは繋がっていなかったけど、彼女とあの人の縁は繋がっているかもしれない。だって、私にはただ不満そうだったあの人も、彼女のことは宥《なだ》めつつも優しくしてるみたいだし。

いつの間にか私もあの人も、微笑みで流せる大人になったんだなぁ。

「ああ。もしかしてこういうとこが可愛くなかったのかな？　私？」

シェードカーテンの隙間から見えた、おみくじを引き、笑い合っているあの二人の後ろ姿にそう思った。ついさっきまで半ば喧嘩のような言い合いをしていたのに、今は何事もなかったかのように楽しげだ。二人の間に不満なんて何もなさそう。

「まあ、気持ちを呑み込むところにいじらしさや愛しさを感じる者も、我儘《わがまま》をぶつけてくるところを好ましく思う者もいるだろう。届く恋文を読む毎に、人は複雑で理解し難いと本当にそう思う」

「……そうだね。ねえ、ネコさん？　『縁』って……なんだろうね？」

「そうだな……。繋がり……であろうなぁ。こう、縁がある者同士の間に見える糸は、なんだか複雑な関わり合いというか……」

「見えるの？　縁が？　糸みたいに？」

赤い糸なんて言うけど、本当に縁のある間柄にはそんな『糸』があるのか。

「見えるような感じるような……だな。か細いものは努力がなければ先細りになって消えてしまう。逆にどうやっても切れない程に太いものや、複雑に絡み合っていたり、美しい組紐のように綾《あや》なしているものもある。切れては繋げてを繰り返した、結び目のある面白いものもある。……まぁ、それが良縁か悪縁かは俺には分からんがな」

「へぇ……」

なんだろう……なんだか『縁』って、ちょっと怖い。

きっとあの人と私の縁は、気紛れに絡んだけどすぐに解けてしまったのだろう。お互いを理解し合う努力をしなかったし、そういえば喧嘩もしなかった。

それじゃあ糸が絡み合うこともないし、結び目だってできない。

ああ、そうか。私たちはただ出会っただけの縁で、それを結ぶ努力をしなかったんだ。

「縁って、面白くて不思議だね」

私は今、ネコさんと一緒に過ごせているこの『縁』に感謝しよう。そう思った。

◆

桜の開花宣言が出て、ほころびかけていた蕾《つぼみ》は一つ、二つ、三つと開き、あっという間に三分、五分、七分咲き。皆が心待ちにしていた薄紅の季節がやって来た。

そして、陽当たりがよく、暖かい海風が通るここ坂上神社は、周囲よりも一足早く満開を迎えようとしていた。

「さくら、窓の一番、二番に『桜のパウンドケーキセット』を二つだ」

「はい！」

今日の私は、水色のストライプ地の着物に小豆《あずき》色の帯を合わせ、黒の前掛けをしていた。袖は襷《たすき》掛けにして、足下はスニーカー。髪もスッキリとアップにしているので動きやすい。

「ああ、ちょっと待てさくら。解けかけている」

「え？」

袖を上げていた襷《たすき》が緩んでいたらしい。ネコさんは私の背に回り、ササッと締め直して背中をぽん、と押した。

「できたぞ。さあ、珈琲《コーヒー》を淹《い》れてくれ」

「あ、うん――」

そう、ネコさんを振り返ったところで、私は店内からの視線に気が付き、心の中で「あっ」と呟いた。

相変わらず目立つし目を引くネコさんは、その本性が猫だからか私との距離が非常に近い。猫の姿になると……いや、最近は人型でもスリスリ擦り寄るのは当たり前だし、舐めたりもする。普段からそうだから、何も特別な意識はしていないのだろう。

だけどお客様たちは違う。ここに集《つど》う人間の多くは『恋文やしろ』にお詣《まい》りをする、恋の成就を願う者たちだ。こんな距離感には敏感で、ときめきにもとっても敏感だ。

「ありがとう……」

ヒソヒソ話に気付いてしまうと、私もうっかり耳を赤くしてしまう。

「さくら？　どうした」

きょとんとした顔で私を見るネコさんは本当に罪作りだ。綺麗で、優しくて、そして可愛い。

私は最近こんなネコさんに、秘かにドキリとさせられることが多くて困っている。神様の御使いに対してそんな悩みを持つなんて、ちょっと罰当たりだ。

「ううん、なんでもないの。あ、新しいお客様……！」

「おっと。俺が案内しよう」

きっと私は、ここへ来る女の子たちの視線に感化されてしまっているのだろう。だって綺麗で優しくて可愛いネコさんは、私が子供の頃からずっと変わらない。子供の頃も、今も同じ。

女の子たちが頬を染めるこの距離感は、実はずっと私のことを見守ってくれている、優しい優しいお猫様の距離なのだ。

桜の季節の『恋文屋』は大盛況。お社《やしろ》にお詣《まい》りする人、お花見がてら参拝に来た人、お散歩中のご近所さんの姿もある。

「お薦めは『桜のパウンドケーキセット』だが、何にする？」

ネコさんはお客様を席に通すと、少しぎこちなく注文を取り始めた。

これまでは指定席から、恋文を書くお客様を眺めていることが多かったネコさんだけど、最近はこんな風に積極的にお手伝いをしてくれている。

お客様をお迎えして席に案内し、注文を取って、混んでいなければお好みのカップを選んでもらう。それからお皿を下げてくれたりもして、今や立派な店員さんだ。

恋文やしろのお猫様にこんなことをさせて良いのだろうか……御祭神《ごさいじん》様に怒られるのでは？　とヒヤヒヤもしたけれど、ネコさん曰く、神様も働くお猫様の姿を楽しんでくれているらしい。

「あの、すみません……ネコさん、お写真構いませんか？　あとSNSに上げても……」

「ああ、顔が写らないようにしてくれれば構わん」

そしてカウンターの向こう側では、日に何度もこんな会話が交わされている。

『Cafe　恋文屋』のこの賑わいは、桜に加え、相変わらずのネコさん人気のおかげでもあった。

美しい桜とネコさんの組み合わせは非常に映えるらしい。でもネコさんの顔を写すことは禁じている。だから後ろ姿や首から下だけ、如何にして桜とネコさんを映えるように写すか……それが困難なミッションとしても楽しまれているらしい。全く予想外だけど、ルールを守ってくれるのは有り難い。

「あ、ネコさん。もう少ししたら空いてくると思うから、そろそろ指定席へどうぞ？」

ネコさんのお気に入りの、桜が見える席は今は空いている。

平日とはいえ待ち焦がれた桜の季節だ。土日ほどではないが人出が多く、お昼過ぎからは席が埋まっていて、ネコさんはずっと手伝いをしてくれていた。

「そうか？　うん。さくらがそう言うのなら……花見をさせてもらうかな」

ネコさんはニッコリ微笑むと、自分でお気に入りのカップを用意し珈琲《コーヒー》を淹《い》れ、いそいそと指定席へ向かった。あまりに嬉しそうで、うっかり耳と尻尾が出てしまうんじゃないか？と心配になるくらいの浮かれよう。

「ネコさん、楽しみにしてたもんね」

私は小さくふふっと笑い『桜のパウンドケーキセット』をトレイに載せ、窓側の席へと運んでいった。

桜がよく見えるこの窓際は特に人気で、空けばすぐに埋まってしまう程。あまりに盛況すぎても手が回らなくて困るので、今は席が埋まったら列は作らずに、基本的にはお客様をお断りしている。

だってお店の前に列ができてたら、せっかくの桜が見え難くなってしまうし、忙しくなりすぎるとあちらの『恋文屋』のほうにも支障が出てしまう。

「お待たせしました。こちらの桜の塩漬けは食べることができますので、ぜひ桜の香りをお楽しみください」

お皿の上には二切れのパウンドケーキ。全体はほんのり桜色で、上部からは溶かした粉砂糖をトロ～ッと垂らし、白くデコレーションしてある。そして甘い砂糖の上にはしょっぱい桜の塩漬けだ。生地の中には、桜の香りをほのかに楽しめるよう桜餡《さくらあん》を混ぜ込んだので、上品な甘さが珈琲《コーヒー》と合うはず。

「わ～かわいい！」

「ね、桜バックにして撮ろ！」

きっと近くの大学の子たちだろう。彼女たちは恋文やしろへのお詣《まい》りではなく、ＳＮＳで見たこのパウンドケーキを目当てに来てくれたそう。

「さくら、さくら。俺の分の『桜のパウンドケーキ』は残っているか？」

ネコさんが私にコソッと耳打ちした。桜を眺めながらこれを食べるのが今のお気に入りらしい。

「ふふ、もちろん！　ネコさん用に残してあるよ。持ってくるね」

この『桜のパウンドケーキ』は、ネコさんとの試食の後により春らしく、より桜を楽しめるようにと、味と見た目に試行錯誤を重ねたものだ。

なんとか完成したのは桜が華やぐ直前で、気持ちは焦るし胃は痛くなるしで大変だったけど……。今のお客様の反応を見れば報われるものだ。

最初は試作品とほとんど変わらないものを出していた。だけど反応はイマイチ。不味くはないけど桜感が物足りない。それから見た目が地味すぎて、境内《けいだい》の桜に負けに負けていた。これではカウンターに飾っていても、外看板のチョークアートでも、お客様が心惹かれなくて当然だった。

まずは見た目、それから味。ほんの少しのこだわりで反応が全然違うことを学んだ私は、ネコさん担当の恋文屋を見て更に頷いた。

一番目に付く場所には桜モチーフの便箋《びんせん》や桜色のもの、それから桜色が映える空色の小物が一緒に置かれていて、なるほど、さすが平安男子だと思った。

「ネコさん、『桜のパウンドケーキ』お待たせしました。それと、今日もお手伝いありがとうございます」

「いいや、俺こそ。今日も楽しかった」

そう言うと、ネコさんは愛おしそうに桜を眺め、店内をゆっくりと見回した。

便箋《びんせん》を選ぶあの子は、きっとこの後お社《やしろ》にお詣《まい》りするのだろう。窓側の席では、珈琲《コーヒー》を飲みながらゆっくりと桜を眺めている姿があり、その桜の向こう側には、恋文やしろに手を合わせている姿も見える。

「そうだね。私も、今日も楽しかった」

桜の時期はもう折り返し。この楽しい忙しさとももうすぐお別れだ。やがて来る夏は少しゆっくりできるだろうか？　ああでも、ここは海が近いから夏も観光客が訪れるかもしれない。秋にはこの辺り一帯は人気の紅葉散策コースとなるし、冬は大晦日に初詣《はつもうで》。神社にとって一年で一番賑わう時期が来る。

私は桜を眺めそんなことを考えて、一人、一人帰っていくお客様たちを見送った。

◆

「さくら。さくらも休憩したらどうだ？」

そう言うネコさんの手元にあるのは、珈琲《コーヒー》ではなくおかわりの緑茶になっていた。夕方になった恋文屋は、最後のお客様をさっき見送ったところだ。

「うん、そうだね。でもきっとそろそろ――あ、いらしたみたい！」

私はその姿を見つけ、硝子《がらす》扉をそうっと開けた。

「いらっしゃいませ。妙子さん」

毎週お社《やしろ》とカフェを訪れるお客様。今日は落ち着いた萌黄色の着物に、黒地に桜の輪郭だけが描かれた帯を合わせている。

「いつも遅い時間にごめんなさいね。あら！　さくらさん、今日は着物なのね」

「あ、はい……ちょっと前から、着始めたんです」

いつも素敵な装いをしている妙子さんに着物姿を見られるのは、少し緊張してしまう。だって着付けも組み合わせも、私はきっとまだまだだ。それにモダンな着こなしをしている彼女だけど、スニーカーなんてカジュアルなものを合わせる着方は好まないかもしれない。

「そうなの！　若い子の最近の着こなしっていいわね。可愛いわ～……私も真似しようかしら。歩き回る日にはスニーカー、よさそうね？」

あら、帯も兵児帯《へこおび》なの？　あら～可愛い結び方！　と、妙子さんは私の着物を面白がってくれて、一気にホッとした。

「ありがとうございます……！　あ、よろしければ今日は外でいかがですか？」

硝子《がらす》窓の前に緋毛氈《ひもうせん》を敷いたベンチ。桜の合間からはまだ青空が覗いているけど、そろそろ肌寒くなってくる頃だ。温かい珈琲《コーヒー》が丁度いいだろう。

「嬉しい！　こんな特等席でお花見ができるなんて！　ぜひお願いするわ」

お店には『Ｃｌｏｓｅｄ』の札を掛け、妙子さんをベンチに案内した。ネコさんには膝掛けを持って行ってもらい、先に二人でお花見を楽しんでもらっている。

私はその間に、珈琲《コーヒー》とパウンドケーキの用意だ。この『桜のパウンドケーキ』は妙子さんの助言のおかげでできたメニュー。だから今日は、お披露目とお礼を兼ねて『Ｃａｆｅ　恋文屋』貸し切りの、お花見をしたいと思っていたのだ。

そして、再び緊張しつつ出したパウンドケーキはとっても好評で、手土産《てみやげ》に持って行きたいわ！　とも言ってもらえた。クリームたっぷりの洋菓子は苦手だけど、餡子《あんこ》の風味と桜の香りが優しくて、珈琲《コーヒー》にもお茶にも合いそうだと、妙子さんは喜んでくれた。

「本当にいいヒントをいただきました！　あの、またよろしくお願いいたします？」

そんな風にちょっと甘えてみると、妙子さんはアハハと、かざした手の陰で大きく笑った。

「ええ！　私も、美味しい珈琲《コーヒー》をよろしくお願いします。ふふっ、次は夏ねぇ……何がいいかしら？　和洋折衷って面白くていいわね。あ、そういえばネコさんも和洋折衷ね。素敵だわ」

「俺が？」

ネコさんは不思議そうな顔をしている。

ネコさんの外見は、洋猫さんの血なのか人型になっても洋風だ。髪は蜂蜜《はちみつ》色で目は空色と碧《みどり》色。その容姿に神職《しんしょく》の装いは、確かに和洋折衷だ。

「そうか？　そうなのか……？」

平安の昔からこの地にいたネコさんだ。本当は、私たちよりよっぽど和風な人だ。猫又でもあるし。

あら、そうじゃないの？　と言う妙子さんと首を傾げるネコさんを見て、私はクスクスと笑う。

「ところで妙子、今日の恋文はもう奉納したのか？」

「いいえ、これからよ。だってお社《やしろ》はまだ列ができてるじゃない？　若い子に交ざってお詣《まい》りするのはちょっと気恥ずかしくって」

うふふと妙子さんが笑ったその時、ヒラ……と桜の花弁が一つ、その膝へと落ちてきた。

「あら。……あ、そうだ」

妙子さんはバッグから封筒を取り出し、その中へそっと花弁を忍ばせた。

「……旦那様にね。こんなに綺麗な桜なんだもの。この素敵な桜をお猫様に届けてもらえたらよいのだけど」

また一片、青空をバックに散り始めた桜を見上げ、ネコさんは『承った』と微笑み頷いた。

八　猫の鈴護り

「こんばんはー。お爺ちゃん、お手伝いに来ましたー」

一日の仕事を終え、夕食も食べてから社務所に顔を出す。

「お爺ちゃん」

「お、さくらちゃん待っておった！　いや〜有り難い！」

そう言って振り返るお爺ちゃんの目の前には、作りかけのお守りの山。そして壁際には『済』と書かれた段ボールと、まだ何も書かれていない段ボールが積まれている。

「わぁ……すごい量。お爺ちゃん、腱鞘炎《けんしょうえん》は大丈夫でした？　またお守り用に沢山書いたんでしょう？」

「ああ、ほれ。しっかりテーピングしておるわ」

「もう……無理はしないでね？　あとこれ、新作の『桜のパウンドケーキ』！　あとで休憩に食べましょ？」

連日、昼はお花見がてらの参拝客に対応し、夜は遅くまでお守りを作っているお爺ちゃんへの差し入れだ。

「おお、それなあ！　妙子さんにヒントを貰ったんじゃって？　先日こっちにも顔を出してくれてな、楽しみにしておったのよ。よしよし、この一箱を終えたら休憩じゃ」

「もう休憩の話？　気が早いんだから。で、お爺ちゃん、私は何をすればいいんです？」

お爺ちゃんの向かい側に座ると、色とりどりの鈴が入った箱を渡された。五ミリ程の小さな鈴で、薄ピンク、水色、金、銀、若草色の五色だ。チリン、という軽やかな音が可愛らしくて心地よい。

「この鈴をお守りに付けてほしいんじゃ。若い子らから『身に着けやすいお守りがあったらいいのに』と言われてなぁ。地元の職人に相談してみたんだが……どうかの？」

お爺ちゃんは出来上がっているお守りをテーブルに並べて見せた。

紅白の組紐に、布製の封筒型のお守りと、金属製のネコ型チャームが付いている。紐の先端は普通のお守り同様、結べるよう作られている。封筒部分を触ってみたら少し膨らんでいたので、きっとここにお守りが入ってるのだろう。

成程これは、作るのに手間がかかるわけだ。

「『猫の鈴護り』としてみたが……どうかの？　鈴には魔除けの効果があってな。これを持っておれば、お猫様が恋路を邪魔するものから守ってくれよう……なんてな？」

お爺ちゃんは呵呵《かか》と笑うと、嬉しそうに『猫の鈴護り』を掲げ、その鈴をチリチリ鳴らす。

「うん。すごく可愛いと思います！　これならバッグやポーチに付けても可愛いし……あっ、この組紐をゴムにしたら、手帳とか御朱印帳を留めるバンドにして持ち歩けるかも……」

手帳や御朱印帳は、そのままバッグに入れておくとページが折れ曲がったり、めくれたりしてしまいやすい。だから私は必ずバッグバンドで留めている。

「ほおー。御朱印帳なぁ……それはよいな。いやぁ～若いさくらちゃんからいい反応がもらえると自信がつくの。若い感性は面白くてよい。爺にはない発想だわ」

「そうですか？」

「そうじゃて。これを作ったのも若い職人でな？　組紐やら根付《ねつけ》やら、古くからのものは随分と需要が減ってるらしいが……こう、固定観念のない、若い価値観で使ってやればまだまだ……。いくらでも道はあるものよ」

お爺ちゃんはメモ帳に『御朱印帳を留めるバンド』と書いている。きっとこのお守りを作った職人さんに相談するのだろう。お爺ちゃんは商機を逃さない宮司《ぐうじ》なのだ。

「これ、若い職人さんが作ったんだ……」

確かにこの界隈《かいわい》には古くからのお店が沢山ある。和菓子屋さん、和紙屋さんや和装小物を扱うお店などもある。恋文屋に置いている和紙のレターセットも、近所の和紙屋さんから仕入れている。確かあのレターセットも、後継ぎの息子さんが作り始めたと聞いたっけ。

「私も、恋文屋で何か作ってみたいな……」

何ができるだろう？　恋文屋オリジナル便箋《びんせん》？　オリジナル珈琲《コーヒー》カップ？　ううん、何か、もっと恋文やしろがある『恋文屋』らしいものが作れたらいいのだけど……

「ほぉー。さくらちゃんも商売っ気が出てきたかの？　ハハハ」

「えっ、そういうのじゃ……！　それにまだ軌道には乗ってないし、そのうちできたらいいなぁって……」

「いやいや、よいことよ。さくらちゃんがやりたいようにやればよい。……おっと、爺も本業を疎かにしない程度にな、という苦言じゃったか？」

お爺ちゃんは再び笑ってお守りを撫でる。

「そんなんじゃないです！　もう……」

「まあまあ。神社とて先立つものがなければ存続できんしな。神様もお許しくださるじゃろうて……な？　ハッハッハッ」

あれこれと話しながら、私たちは段ボールの山を減らすべく作業に没頭していった。

お爺ちゃんはお守りを仕込み、私は鈴を付ける。ここにネコさんがいたら最後のパッケージングをしてもらったのだけど……今夜はパトロールの後に近所の猫集会があるらしい。

「お猫様が手伝ってくれたら更にご利益が高まりそうじゃったのにの！」

お爺ちゃんはそんなことを言い笑った。

黙々と作業を続けていくと『済』の箱が一箱増えた。まだ未作業の箱もあるけど、作るのに手間がかかるこのお守りは、一日の限定数を設けてある。だから程々でいいらしい。けど……。この箱数で一体何日分なのか、私は聞かないでおくことにした。

「ふぅ。今夜はここまでで十分じゃな。さくらちゃん、遅くまで悪かったね」

「いえいえ。お爺ちゃんこそ本当に無理はしないでね？」

今年は桜の花が長く咲いてくれているから、忙しい時期も長い。

「ハハ！　お猫様のおかげやもしれんが、いつにも増して人が多いからのぉ。しかし混みあう中で参拝し、お守りを求めてくださるんじゃ。たーんと用意せねば。せっかくの縁……しっかり繋ぐお手伝いをしたいからの」

まったく、お爺ちゃんらしい。御朱印書きだって決して断らないし、この時期は恋文やしろへの奉納恋文だって増え、御祈祷だって時間が掛かるのに。

「神社とて先立つものがなければ」なんて言っていたけど、無理をする理由がそれだけじゃないのは明らかだ。

「お爺ちゃんもネコさんも、本当に縁を大事にしてるんだね」

私は作ったばかりの『猫の鈴護り』を掲げ、そっと揺らした。チリンと可愛らしい音がして、灯りを反射したネコ型チャームがキラリと光った。

「……ねえ、お爺ちゃん。このお守り一ついただいてもいい？　あ、代金は明日持ってきます！」

「ん？　欲しいなら持って行って構わんが、祈祷が済んでないからお守りにはまだならんぞ？」

「あ、そっか。でもネコさんだったら御祈祷なくても大丈夫かな……？」

「ん？　ほお。お猫様に差し上げるものじゃったか。……ほぉ？　さくらちゃんからお猫様に恋のお守りをのぉ……？」

ニマニマと頬を緩め、チラリと視線をよこしたお爺ちゃんと目が合った。

「お、お爺ちゃん!?　ち、違います！　そうじゃなくって、ほら、何かネコさんに自分だけのものをあげたくて……。でも買いものに行く時間も今はないし、このお守りの色がネコさんの色だったから……似合いそうだなって！」

私が手にしていた鈴護りは、若草色と水色の組紐に金の鈴が付いたもの。左右違うネコさんの瞳と毛色だなと思ったのだ。

自分でものを選んだことのないネコさんは、『自分の持ち物』をほとんど持っていない。今持っている自分のものは、多分、毎日着ている着物と袴《はかま》だけだろう。

だから、ネコさんにあげたら喜ぶかな……と、そんな風に思ったのだ。まあ、神社に沢山あるお守りだけどね。

「あ、そうだ。それなら……」

私はふと思い付き、お爺ちゃんのお許しを得て『猫の鈴護り』の封筒をそっと開いた。中にはお爺ちゃんが入れた、お守りの肝ともいえる折り畳まれた和紙が入っている。私はペンを取り、折り畳まれたままの紙に短く言葉を綴《つづ》った。

たったこれだけ。神職《しんしょく》でも巫女でもない私にはなんの力もないけど、でも、この『言葉』はネコさんだけのもの。ネコさんのお守りにしかない、特別な……――そう、おまじないだ。

このお守りがネコさんを守ってくれますように。幸せにしてくれますように。

私はそんな願いを込めて、お守りの封を閉じた。

◆

チリン、チリンと鳴る鈴を手に、夜桜を楽しみながらのんびりと境内《けいだい》を歩いていた。だって、こんなに綺麗な桜が咲いているのに、真っ直ぐ部屋に戻るのは勿体ない。夜のお花見散歩だ。

煌々《こうこう》と輝く月に照らされた桜は昼間とは違う雰囲気で、見上げる私はどんどんと引き込まれていった。

「きれい……」

見上げた桜は闇に白く浮かび、ハラリと散る花弁は夜に溶けるよう。昼間の桜は青空を背景に映える薄ピンク色で、明るい春の生命力を感じるが夜はまた別だ。

ぼんやり浮かぶ桜を見ていたら、静かに舞い散る花弁が肩に落ちた。こんな静かな境内《けいだい》を一人で歩いていると、なんだか違う世界に来てしまったよう。

「……鳥居の内側は、もう神様の場所なんだよね」

暗い夜だけど不思議と怖さはない。慣れ親しんだ場所だからかもしれないけれど、なんだか柔らかくて清浄な空気を感じるからだ。

「あ、もしかしたら神様もお花見をしに来ているのかな？」

巫女さんなんかじゃない私が心地よく感じるくらいだ。御使いのネコさんがいるのだもの、神様ご本人がいらっしゃっても不思議はない。

桜を見上げながらぷらぷら歩いていると、いつの間にかもう恋文やしろの前まで来てしまっていた。帰る部屋はすぐそこ。夜のお散歩も、もう終わりだ。

私はふと辺りを見回してみたが、辺りにネコさんの姿はまだない。猫会議が長引いているのか、もしかしたら猫たちもお花見に興じているのかもしれない。

大きな桜の下にあるお社《やしろ》には、ハラハラと散り始めた花弁が薄く降り積もっている。下にある恋文奉納箱にも、ちょうど一片が入っていった。

「……そうだ。いつかネコさんにお手紙をあげよう」

いつも私を助けてくれて、見守ってくれて、お店まで手伝ってくれてありがとうと伝えたい。言葉で伝えてはいるけど、形に残る手紙はまた違うと思うのだ。

それにネコさんは、前に自分は手紙を貰ったことがないと言っていた。長い間沢山の恋文を届けているのに、自分は恋文どころかお手紙すら貰ったことがないなんて……それはちょっとあんまりだ。

ネコさんは自分で選んだものを持っていない。食べものはお供え物で、神職《しんしょく》の装束だってお爺ちゃんが奉納したもの。そしてお社《やしろ》に奉納される手紙は全てが他人宛てで、届けるだけで貰ったことはない。

いつもいつも、人のために尽くすだけだったのだ。千年もの長い間、猫又になって神様の御使いになって、ずっと人の恋文を見つめているだけで……

「寂しくなかったのかな……」

私は知らないネコさんの本当の名前。その名をつけてくれたのは千年前の姫君。きっと大好きだった飼い主さんだ。その彼女もいなくなり、ネコさんが結んだ恋の子孫をずっと見守って、この神社のお社《やしろ》に祀《まつ》られて。

それはとっても名誉なことだけど——

「ああ、そうかぁ……」

ネコさんがあんなに私を大事にしてくれて、本当に猫のように擦り寄って、見つめてくれるのは、私がネコさんを視ることができたからだ。

お爺ちゃんが、宮司《ぐうじ》にはたまにネコさんの姿を視ることができる人もいたと言っていた。お爺ちゃんだって稀《まれ》にしか姿は見えなかったらしい。だけど私は、ここへ来る度にネコさんに会うことができた。

――宮司《ぐうじ》は皆、男性だ。私は女。

どういう気紛れかは分からないけど、もしかしたらネコさんは、私を通して姫君を見ていたのかもしれない。ううん、今もそうなのかも。

私を通して、私の向こう側に、大昔に一緒に見た桜や、一緒に眠った温もりを思い出し懐かしんでいるのかもしれない。

「……」

そう思ったら、ツキンと胸が痛んだ。

どうして痛んだのかはすぐに思い至ったけど、でも、分からないことにしておこう。私は手の中の『猫の鈴護り』を握り締め、そう思った。

「さくら！」

ハッとして、声がした上を向くと猫の姿のネコさんがいた。どこから来たのか、桜の木の枝をトンッ、トンッと飛び移り私のほうへ駆け寄ってきていた。

「ネコさん。……今日は遅かったね」

「ああ、界隈《かいわい》の猫たちと花見をしていた。さくらは散歩か？」

「うん。さっきまで社務所でお爺ちゃんのお手伝いをしてたの」

ネコさんは木の上から私の匂いをフンフンと嗅ぐ。猫の挨拶なのだろうか……？　なんだかよく嗅がれている気がするんだよね？

「そうか。しかしこんな時間に一人で不用心だろう？　小治郎も送ってやればよいのに……ああ、それに冷えている。人間は毛皮がないのだから油断してはいけない。風邪をひいてしまう」

ネコさんは樹上から私の肩に飛び乗って、その手を私の頬に伸ばす。ぺとりと付けられた肉球が、冷たくて柔らかくて気持ち良い。フニフニしてる。

「ふふっ、大丈夫だよ。もう戻るし、ここは神様がいるから危なくないでしょう？」

「まあ、そうではあるが……夜は人間には危険だ。女子《おなご》は特に危険だろうに。今度からは俺を呼ぶといい」

「ネコさんを？　どうやって？」

「簡単だ。ただ呼べばよい」

ネコさんはトンッと地面に降りると、一瞬でその姿を人に変えた。

「さくらの声ならどこにいても届く。すぐに迎えに行く」

その空色と碧色《みどり》をニッコリ細め、見上げる私に向かって言った。

「あ、あのね、ネコさん。これ……」

私はポケットからお守りを出す。するとチリン、と鈴が鳴った。

「可愛らしいな。これは恋文か？　こっちは猫か」

「うん。今、お爺ちゃんのところでこれを作ってたんだけどね、『猫の鈴護り』っていう新しいお守りなの。これ、ネコさんにあげるね」

ネコさんの手を取り、私はお守りを載せた。

「お詣《まい》りされる側のネコさんにお守りっておかしいかなとも思ったんだけど……ほら、ネコさん『恋を知りたい』って言ってたでしょう？　それなら恋のお守りもいいかなって」

叶えるためのお守りではないけど、ネコさんが少しでも自分が知りたい『恋』に近付けたら良いなと思ったのだ。ネコさんの願いが叶いますように、私もそのお手伝いができますように、と。

「これはネコさんのためのお守りだよ。紐の色はネコさんの瞳の色、鈴は髪の色でしょう？　ね」

ネコさんがお守りを摘まみ上げ月にかざす。少し強い風が吹き桜の枝が揺れると、お守りの鈴もチリリリンと澄んだ音を響かせた。

「……俺のお守りか」

ぽそっと呟いたネコさんは、チリ、チリリと鈴を鳴らし嬉しそうに微笑んでいる。

「どこに付けたらよいか……ああ、それとも仕舞っておいたほうがよいか？」

「せっかくだから身につけたら？　だってお守りだもの。いつも一緒のほうが守ってもらえそうじゃない？　ふふっ」

袂《たもと》に仕舞ってみたり、帯に挟んでみたりと、バタバタするネコさんを見ているうちに私もつられて笑ってしまう。

なんだか最近のネコさんは、ここで再会した時よりも普通っぽい。普通の、どこにでもいるお兄さんのようだ。

勿論、その容姿は人間離れしていてすごく綺麗なままだけど、ふとした時に感じていた見えない壁のようなものだとか、人とはズレた言動とか……。いや、それはまだあるけど。でも、たまに感じたヒヤッとするような異物感が薄れてきている気がするのだ。

「さくら」

何やらゴソゴソやっていたネコさんが顔を上げニカッと笑った。お守りを袴《はかま》の紐に括《くく》り付けていたようだ。

「どうだ？」

その場でピョンと跳ね上がると、チリン！　と鈴が鳴った。

どうだ？　いいだろう？　と暗い境内《けいだい》で、わざと体を揺らして歩くネコさんはご機嫌だ。

だけど――

「腰に付けたんだね。うん、いいけど……ふふっ……！」

歩く度にチリチリ鈴が鳴るものだから、まるで飼い猫の鈴のようで思わず笑ってしまった。

だって、ネコさんってば神様の御使いなのに、初めて自分のための首輪をもらった子猫がはしゃいでいるみたいで、可愛くて堪らない！

「おかしいか？」

きょとんとした顔で首を傾げる。

ああ、夜だからネコさんの瞳孔が丸く大きくなっている。人間の形をしているけど、やっぱりそこまでは擬態できないんだなあ。それにその、首を傾げる仕草も益々猫っぽくて可愛さを増す要素でしかない。

「ううん、いいんじゃない？　音を出したくない時は袴《はかま》に挟んじゃえばいいもんね」

「そうだな。恋文屋でチリチリ鳴らしてしまうと、恋文を書く邪魔になるかもしれんしな」

「そうだね。でも、可愛いと思うな？」

「可愛い？　ああ、このお守りがか。うん、確かに可愛いな。さくらもどうだ？　揃いで持てたら嬉しいじゃないか」

「ふふっ、そうだね。私も買って、お店のエプロンにでもつけようかな」

新しいお守りの宣伝になってお爺ちゃんに貢献できるかもしれない。

それに――

見上げるネコさんはニコニコと本当に上機嫌だ。もし耳やヒゲが出ていたら、嬉しくて耳もヒゲもピンと立っているだろう。尻尾もきっと、真っ直ぐにピーンだ。

思い付きのようなプレゼントだったけど、気に入ってもらえたようでよかった。こんな顔を見せてくれたのだ。ネコさんがお揃いを望むのならば、ここは叶えてあげなければならない。

「エプロンにつけるのか？　それでは恋文屋でだけではないか。さくらも帯紐に……洋装では帯がないか」

「うーん……」

ベルトをすることもあるけど、あまりないし、スカートだとまずしない。手首につけるにはチャームが大きくつけづらい。いつも持っているものといえばスマホだけど、つける場所がない。

「何かいい方法がないか考えてみるね」

「ああ。俺はいつも身につけていよう。猫になった時は……首輪にでもするか」

笑うネコさんの向こう側で、夜桜が咲き誇っている。ああ、本当にネコさんは夜と桜が似合う。

「さくら、手を」

「え？」

「人は夜目が利《き》かないだろう？　足下が心配だ。ほら」

手を掬《すく》うように取られ、キュッと握られた。しっかり繋ぐと、ネコさんは「うん」と頷いて、少しゆっくり目の私の歩調で手を引いた。

やっぱり、まだネコさんの中で私は小さな子供なのだろうか？　こんな優しさはくすぐったいけど、あまりにも過保護すぎてなんだか面映《おもは》ゆい。だって、ゆっくり散歩しながら歩いても、恋文屋の上にある私の部屋までは、ここからほんの五分だ。

「すぐだから大丈夫だ……っわ！」

ガクン！　とつんのめり、ネコさんにグイッと腕を引かれた。きっと桜の根につまずいたのだと思う。

「あっはは、心配した通りだ」

「危なかった……」

「うん。もういっそ抱えてやろうか？　ほら、抱っこしてやろう」

ネコさんが両手で私を抱き上げた。お姫様抱っこなんてロマンチックなものじゃなくて、わきに手を入れて子供を抱え上げるあの抱え方だ。

「い、いいです！」

「そうか？　どうせすぐだぞ？　遠慮してるうちに着く」

「っえ、わっ……」

そのままネコさんの腕に座らされるようにして抱き上げられて、私は不安定に揺れる体でその肩に縋《すが》り付く。

「もう子供じゃないのに……」

スタスタと夜道を歩くと、ネコさんの鈴がチリチリと鳴った。

「そうだなあ。こんなに大きくなったし、さくらは綺麗になった」

不意に見上げられたその瞳は、ひどく優しげに細められていて、照れるよりもなんでか胸が締め付けられた。

「……ネコさんこそ。綺麗だよ」

「ははは、誉め言葉は嬉しいが、それよりも撫でてくれたほうがもっと嬉しいぞ？」

「人型でも？」

「人型でも。さくらは優しく撫でてくれるからな」

ほれ、と頭を寄せられて、私はくすぐったい気持ちでその髪をゆっくり撫でた。

チリチリ、チリチリ。さっきあげたお守りはしっかり腰に下げられていて、歩く度に聞こえる音に頬が緩む。

神様の御使いであるお猫様に言うことじゃないかもしれないけど、でも、できれば身につけていてほしかったのだ。

だって、ネコさんだけの、ネコさんのためのお守りだから。

私は抱っこされた姿勢で、その少し膨らんだお守りの封筒を見つめ「ネコさんをよろしくね」と心の中で呟いた。

——お爺ちゃんの許可を得て封筒の中身に書いた言葉、『ネコさんの願いが叶いますように』は、私の願いであり祈りだ。

最近色々なことをやってみているネコさん。お客様の案内にも慣れてきたし、話すことにも慣れてきた。それに楽しそうだし、恋文やしろに奉納された恋文も、前よりその悩みや願いを理解することができているらしい。共感はまだみたいだけど……

これなら私が聞いたネコさんの願い事、『恋を知りたい』はそう遠くないうちに叶うんじゃないかと思っている。

「桜の花もあっという間だ」

「そうだね。短い時間だから大切にしなきゃ」

「人もあっという間だなあ……本当に、さくらは大きくなった」

気のせいだろうか？　少し首を傾げて笑ったネコさんの顔が、ちょっと寂しそうに見えたけど……？　ううん、違う。きっと寂しいと感じたのは私なのだろう。

だっていつか、長い時を生きるネコさんとはお別れが来る。会う度に楽しくて、ずっと一緒にいたいと思った幼い頃は瞬《また》く間に過ぎ、そんな気持ちも忘れ大人になって、再会して――

本当に人はあっという間で、自分勝手な生きものだなと我ながら思う。

「桜、ずっと咲いていればいいのにね」

お守りにもう一度祈りを込めよう。神様、どうかお願いします。私よりも、ずっと長い時間を生きるネコさんの願いが叶いますようにと。

そしてネコさんの時間の、ほんの一瞬を共に過ごす私の願いも叶ったらいい。贅沢だし、傲慢かもしれないけど、一緒に桜を見て、一緒に働いた時間を楽しかったと、ネコさんに思い出してもらえたら嬉しい。

いつか私も、千年前の恋文の姫君のように懐かしんで貰えたら。そしたら、それが――

◆

お風呂に入って後は寝るだけ。カーディガンを羽織って部屋に戻ると、人型のネコさんが開いた窓枠に腰掛け月を見上げていた。

「俺のお守りか……」

ああ、違った。月じゃなくて、さっきあげたお守りを見ていたのか。それにしてもネコさん……いつものニコリって感じではなくて、なんだかニヤニヤしてるような？　もしかしてお守りを思った以上に喜んでくれている……？

そう思ったら、じわわと胸に温もりが広がった。

「ネーコさん。私そろそろ寝るけど、ネコさんはどうする？」

「ああ、俺も寝る」

ネコさんはそう言うと、姿を猫に変え、歩く私の足下にトトンと下りた。右足を出せばスリッと右足首に擦り寄って、左足を出せばまたそちらに擦り寄り歩く。

「ちょ、危ないってば！　ネコさん！」

一歩進む毎にスリッ、スリッと、私の脚の間を八の字になって進むものだから挟んでしまいそうで怖いし、歩き難くてしょうがない！

「仕方がなかろう？　風呂上がりのさくらは、俺の匂いが消えていてどうにも落ち着かなくてだな……」

言いながらも、スリッスリッと頭をぶつけるようにして歩く。ああ確か、猫は額や顎からフェロモンを出していて、自分の縄張りや飼い主さんに匂いを付けると聞いた。

「わっ、ネコさん！　本当に危ないってば、足、踏んじゃう！」

「もう少し付けないと……気に入らん」

猫の習性なのは分かるけど……でも、ベッドに入ってからでもよくない？

「ネコさん、おやすみ」

「おやすみ、さくら。よい夢を」

ネコさんはザラザラの舌で私のおでこを舐めて、いつものように枕元で丸くなった。そして私も目を閉じ眠りに――……つく前に、ふと気になってスマホを手に取った。

だけどネコさんの入眠を妨げないように……と、私は布団を頭からかぶる。そして『猫スリスリ　理由』と打ち込み検索をしてみた。

すると目に飛び込んできたのは『独占欲』の三文字。猫の、飼い主に対する大好きで独り占めしたい気持ち。縄張りと同じく、飼い主も自分のものだと主張しているのだと。

「ね、猫って……！」

私は布団の中で、熱くなった頬を片手で押さえた。

それから数日後。私のエプロンには、『猫の鈴護り』がチリチリ音を鳴らして揺れていた。

私があげたお守りのお返しにと、猫さんが贈ってくれたものだ。組紐は紅白で、鈴は可愛らしい桜色。そして封筒型のお守りの中には……なんとネコさんのヒゲが入っているらしい。

――今日も恋文屋は忙しかったけど、このお守りのおかげで頑張れた気がする。

私は小さく笑い、これを貰った開店前を思い出した。

「さくら、俺からもお守りを贈らせてくれ。これのお返しだ」

ネコさんは腰に付けたお守りをチリリと鳴らす。

「もっと早く渡したかったのだが……ヒゲが抜けるのを待っていたら遅くなってしまった」

「……ヒゲ？」

ネコさんが髭《ひげ》などない頬を撫でたので、ああ、猫のヒゲか！　と思い至り、そうか、猫のヒゲは自然に抜けて生え替わるものなのか……！　と、私の頭にまた新しい猫知識が書き込まれた。

「でも……どうしてヒゲ？」

「猫のヒゲは『幸運のヒゲ』で、持っていると願いが叶うらしいのでな、さくらのお守りに入れてやりたかった」

「へぇ……。猫のヒゲってそうなんだ？」

これは猫好きの友人にも聞いたことはない。もしかしたら古い風習だとか……？

「ん？　姫がそう言っていたのだが……知らないか。彼女は俺のヒゲを見つけるといつも拾って匂い袋に入れていた」

ネコさんは愛おしい遠い日々に目を細めたが、私はそのエピソードに「ん？」と思った。

これは……多分、『幸運のヒゲ』は古い風習などではなく、姫君が相当な猫好きだっただけなのでは？　と。

だって、見つける度に拾って集めるなんて、猫好きの友人と同じだ。彼女は相当だもの。

「……ふふ、ありがとうネコさん。大切にするね」

「ああ。いつも身につけてくれ」

——チリリ、と鈴が鳴りハッとした。

いけない。つい思い出して浸ってしまった。もうお客さんはいないけど、まだ閉店作業中だ。

窓から入る眩しい陽ざしに目をすがめると、外の桜はそろそろ満開を過ぎて散り始めていた。

満開の桜の圧倒するような美しさもいいけど、私はこの散りゆく桜も好きだ。ヒラヒラと舞う花弁を見ていると、ああ、もうすぐ今年の桜も終わってしまう。また一年待たなければこの景色には会えないんだ……

そんな焦れるような物悲しさと余韻、それから今年も綺麗な桜をありがとう、という感謝や愛情に似た、なんとも複雑な感情が心に浮かぶ。

「きれい……」

「俺は花吹雪が好きだな。一斉に散る姿が美しい」

「ネコさん。あ、看板下げてきてくれたんだね。ありがとう」

「ああ。あちらの暖簾《のれん》も仕舞ったし、扉のプレートも『Ｃｌｏｓｅｄ』にしてきたぞ。だからさくら、早く昼飯にしよう。最近は何故か腹が減って仕方がない」

「本当に？　すごいなあ……前はネコさん、そんなことなかったんでしょう？」

「……そうだな。ふむ？　まだ恋はよく分からんが、少し人間の気持ちが分かるようになったのかもしれんな？」

ちょっと嬉しそうにそう言って、ネコさんは看板を仕舞うと素早くシェードを下げ、だらしなくカウンターに突っ伏した。

「ふふっ、そうだね。私もお腹空いたなぁ〜」

それに疲れた。

時刻は十五時半。いつもならまだ開けている時間だけど、この時期に限っては閉店時間を早めることにしたのだ。

二人だけのお店では、桜の繁忙期にはお昼休みを取るのが難しい。だからカフェのラストオーダーを十五時にして、十五時半には完全に閉め、なんとか遅いお昼休みを取ろうと決めた。

社務所やお守りの授与所《じゅよじょ》も十六時までだし、負担のないようにとお爺ちゃんも言ってくれているので問題はない。かき入れ時ではあるけど、『恋文屋』は利益重視ではなく、あくまでも奉納恋文のための場所。そして『Ｃａｆｅ　恋文屋』も、同じく利益は重視していない。有り難いことに今のところカフェはお家賃はナシだからね。でも、だからと言っていつまでもお爺ちゃんの厚意に甘えたくはない。しかし……

「はぁ。よく考えたら私、どうやって桜の繁忙期を一人で回すつもりだったのか……」

やる気だけじゃできないこともあるのに、お店を作り上げて開店させることだけに集中してしまい、その後のことがすっかり抜けていた。

本当は私一人だったはずの恋文屋には、今は看板猫ともいえるネコさんがいる。しかもお客様を呼び寄せて、お手伝いまでしてくれている。幸運すぎて神様には感謝しかない。しっかりしなくっちゃ。レジを締め、全ての作業が終わったその時、ふわ……といい匂いが漂ってきた。さっきセットしておいたトースターからだ。そして『チン』と音が鳴り、私は早速そこを覗き込む。

「うん、チーズもいい感じ！　ネコさん、ごはんにしよ」

「む！　よい匂いだ！」

匂いにつられ体を起こしたネコさんが、クンクンと鼻を鳴らしペロリと唇を舐めた。

「でしょう？　今日は坂下のパン屋さんで買った、二十個限定の『魚介のパングラタン』です！」

今日のお昼は、忙しい自分へのご褒美《ほうび》ランチだ。

坂下のパン屋さんは大正時代創業の老舗《しにせ》で、ローカルな海沿い電車に乗って買いに来る人もいる人気店。飾り気のない昔ながらの欧風パンもあれば、日本人好みにアレンジされた菓子パンもある。そして今日のランチの『魚介のパングラタン』は、しっかり目の丸いパンをくり抜き器にし、その中にたっぷりのグラタンを入れたものだ。

「おお、トロットロだな！」

「ふふ、パン屋さんのご主人お薦めのブルーチーズを足したの！　ネコさん、匂いが強い食べもの好きでしょう？」

トースターの扉を引くと、黄金色にとろけたチーズと、半分形が崩れた白いチーズがお目見えした。彩りは散らしたパセリだけ。ああ、この下に閉じ込められているグラタンと魚介たちにも早く出会いたい！

「さくら、テーブルの用意ができたぞ」

「えっ、ありがとう！」

ネコさんもすっかり慣れたようで、カウンターにランチョンマットを敷いて、ナイフとフォーク、それにコップまで用意してくれている。

神職《しんしょく》の格好でピッチャーから水を注ぐその姿。やっぱりちょっとチグハグだけど、これがもし、普通のカフェ店員のような格好——そう、シンプルなシャツとパンツ姿に丈の長いギャルソンエプロンだったなら。

「——うん。ネコさん絶対に似合う」

「何がだ？　さくら、早く食べよう。もう無理だ、早く早く」

子供のように急かすネコさんに笑ってしまうけど、無邪気に喜んでくれる姿を見るのは嬉しい。

最近のネコさんは以前よりも表情豊かだ。——これがもし、お猫様ではない、ネコさんの素の顔だったなら嬉しいな。そう思いながら、私は少し大きめのお皿にパンを載せた。

「それでは、今日もお疲れ様でした！　いただきます！」

「いただきます！」

匂いに煽《あお》られたネコさんと私は、早速パングラタンにナイフを入れた。と、その途端、チーズに覆い隠されていた魚介の香りがふわぁ～っと広がる。

「んん、いい匂い……！」

「ああ、堪らんな。お、海老《えび》だ。烏賊《いか》も入っているな……？」

ネコさんはクンクン鼻を利《き》かせながらパンを切り、フォークで探る。

「ゴロゴロだね！　わ、アサリも大きい……！」

ホワイトソースのグラタンは具沢山で、魚介類の他にもカブ、アスパラ、申し訳程度にマカロニも入っている。グラタンなので。

「これね、パンにグラタンとチーズをたっぷりまとわせて……あ、具も一緒にね」

フォークに欲張って集めたグラタンは熱々だ。早く食べたいけど私は息をフーフーと吹きかけて、そしてパクリ！

「ん、ん〜！」

美味しい！　滑らかな舌触りのソースにぷりっぷりのエビ！　それから旨味が溶けたホワイトソース。そこにチーズの濃くて深い味が合わさり更に『美味しい』が連なっていく。

「はふっ。グラタンが染み込んだパンも美味しい……！」

つい大口になってしまうけど、でもそんなことは気にしていられない。だって、こんなにも美味しいのだから！

「俺は烏賊《いか》を…………アッツ！」

「わ、大丈夫⁉　もっとフーフーしなきゃ！　もう、猫舌でしょう？　ほら、お水飲んで……あ。待ってネコさん、猫ってイカは食べちゃいけないんじゃなかった？」

「ん？　そうなのか？　俺は特に問題なく食べられるが……？」

確か猫好きの友人がそんなことを言っていたはずだ。何故食べちゃいけないのかまでは聞いていないけど……。まあ、ネコさん本人が大丈夫と言うならいいのかな？　ネコさんは厳密には猫ではないし……いや猫だけど、猫又だし、今は人の姿だし……？

「よし。フーッ、フーッ、フーッ、フーッ……」

ネコさんはしつこいくらいにフーフーをして、チーズたっぷりのパングラタンを慎重に口に入れた。

「……うん！　美味い!!　グラタンか……初めて食べたがこれは……。さくら、明日もこれにしよう。美味い」

「えっ、明日も？」

ネコさんは頷きながらパクパク食べている。口に入れては「熱い、美味い」と呟き、キラキラした瞳で私を見上げている。

「ふふ！　ネコさんってば……明日は明日で他の美味しいものがあるのに。いいの？　これだけで」

ネコさんの手がピタリと止まった。そして目をウロウロ動かし何かを考えて……

「さくら、ちなみに他にどんな美味いものが？」

「例えばこのパン屋さんなら『パンシチュー』。ビーフ……牛の塊肉をとろっとろになるまで煮込んだシチューでね、バターたっぷりのパンも美味しくて、このグラタンのホワイトソースとはまた違う味で美味しいの。それから駅前のおいなりさんもいいなぁって思ってるんだよね。今の時期だけの、しらすとか桜エビのおいなりさんもあるんだって！　あと——」

海が近く自然豊かなこの辺りには、旬の食材を使った食べものが多い。せっかくこんな場所に住んでいるのだからと、美味しいものを楽しみたい私は、お爺ちゃんに地元のお薦めを聞いてある。

「待て待て、さくら。まだあるのか？」

「ふふふっ、あるよ？　さて、ネコさん。明日のランチは何にする？」

私はネコさんの顔を覗き込み、にっこり微笑む。

「うーん……。迷うな……よし、明日は稲荷寿司にしよう！　さくら、それは明日の朝買いに行くのか？」

「うん」

今日中に予約を入れておけばすぐに購入できるから、忙しい朝でも大丈夫。

「よし。それでは明日は俺が買いに行こう！　さくらが行くより早く買ってこられる」

「本当？　ネコさん一人でお使い行ける？」

「さくら、俺を誰だと思っているのだ？　恋文配達人だぞ？　お使いは大得意だ」

いつの間にか最後の一口になっていたパングラタンを口に放り込んで、ネコさんは笑った。

九　桜吹雪

『Ｃａｆｅ 恋文屋』の昼下がり。柔らかい日差しの中、私は久し振りに手挽《てび》きで珈琲《コーヒー》豆を挽《ひ》いていた。ゴリゴリという、その響くような音が妙に心地よくて、私の頬は自然と緩んでしまう。

「……いい音だなぁ」

桜がよく見える指定席に座ったネコさんは、カウンターに腕をぺたりと付けて、まるで猫がだらりと伸びているような姿勢でくつろぎながら、顔だけこちらを向き言った。

「ふふっ、ネコさんも思った？」

「ああ。しかし、こんなに穏やかな午後は久方振りだな……」

ついウトウトしてしまう。と言って「くぁ」と大あくびをしてみせた。三角の耳も、ピンと長いヒゲも今はないのに、それらが見えるような仕草だ。

「ね。本当に久し振りにゆったり……」

今日は月曜日。お天気は良いけどお客様は一人もいない。そして窓の外は――

「すっかり葉桜になっちゃったね」

「そうだなぁ。恋文やしろのところの古木はまだ咲いているが……。あそこに池でもあったら見事な花筏《はないかだ》になっていただろうなあ」

ネコさんの言う通り、年を経たその一本だけは開花が遅く、まさに今が散り際だった。周りはすっかり輝く若草色になっているのに、そこだけが未だ春を謳歌《おうか》している。

「結局、ゆっくりお花見できなかったね」

「そうだなぁ」

ネコさんは、だらけていた姿勢を正しクルリと窓を向く。そしてゆっくりと、誰もいない店内を見回してクスッと笑った。

「だが、なかなか面白かったかな」

ネコさんは一人うんうんと頷き言う。

「こんな忙《せわ》しない桜の時期は初めてで、何もかもが新鮮だった。毎日決まった時間にここへ来て、看板を出して便箋《びんせん》を並べ、客を迎え入れる。初めてのことだらけでとても楽しかった……」

私はネコさんお気に入りの、こっくりと深い青色をしたカップを出し、ドリッパーをセットしてお湯を注ぐ。

「私も楽しかったなぁ。忙しくてお昼ごはんは夕方になっちゃってたけど、ネコさんと一緒にお店ができてすごく楽しかったよ」

「まったく。忙しいのに楽しいとは、お互い仕事が好きすぎるな。――ああ、そういえば、恋文の配達も今までで一番多かったかもしれん！」

「本当に？　それじゃあ神様も大忙しだったんだね。奉納恋文を読むだけで寝不足になりそう……？」

「はは！　神も寝るのかは分からんがなあ」

「そうなの？　ネコさんは寝るから神様も寝るのかなって思っちゃってた」

「俺は猫だからな。寝るのも仕事のうちだ」

くぁ、ともう一つあくびをくれて、ネコさんは眩《まぶ》い木漏れ日に目を細める。

「ふふっ、早く日向ぼっこしながらお昼寝したい？　――はい、どうぞ」

私は少しだけ冷ました珈琲《コーヒー》をネコさんのもとへ。ネコさんは猫舌だからね。

淹《い》れたのはいつもの『恋文ブレンド』。私とネコさんの時間には定番の香りだ。だけど、今日みたいにのんびりとしたこんな時間には、ちょっと変わった味を楽しむのもいいかもしれない。そんなことを思って、ちょっぴり隠し味？　を入れてみた。

「ありがとう。……ん？　なんだかちょっと変わった香りがするな？」

「うん。ネコさん甘い物好きでしょう？　だから、ちょこっとだけ……たまには変わり種もいいかなって」

「どれ……」

そうっとカップを持ち上げ、まずは鼻をクンクンさせてそれから一口。

「ん、美味しいな。花の香りのように感じたが……甘ったるくなくて美味い」

ペロリと唇を舐め、ネコさんは「ミルクも入れよう」と、小さなピッチャーに手を伸ばす。

最初はカフェオレしか飲めなかったネコさんも、最近はブラックや少な目ミルクの珈琲《コーヒー》も飲めるようになっていた。

「お口に合って何よりです。ふふ、これはメイプルシロップ！　ほら、前にパンケーキに掛けて食べたでしょう？」

「ああ、あれか！　……うん、面白いものだな。うん、美味い」

「本当だ、美味しいね。うん、お砂糖とか蜂蜜《はちみつ》より私は好きかも……」

控えめな甘さと独特の香りがたまにはいい。棚の隅に置いておいたメイプルシロップが、思わぬところで良い仕事をしてくれた。

たまたま買ったこのメイプルシロップだったけど、これが意外とメーカーで味が違っていて驚いた。よく見る日本のものと、外国のものでは味が全然違うのだ。

ちなみに今日使ったものは外国のもので、サラッとしていて掛け過ぎるとちょっと苦みを感じる。だけど香りが抜群にいいので、実は初夏に向けての新しいメニューに使えないかなと思案中だ。

「……ありがとう。さくら」

ネコさんがカップを置いて、私を見つめて言った。

「え？　うん……？　どうしたの？　急に。あ、おかわり？」

「いいや」

緩く首を振り、はにかみながら微笑むと、ネコさんは独り言のように呟いた。

「恋文屋で働き人と触れ合ったことで、前よりも人のことが分かったような気がする。……ま、少しだがな」

悪戯《いたずら》をする時の猫のような悪い顔だ。そのニヤッとした笑みは得意顔なのか、それとも照れ隠しなのか？　ネコさんの表情はイマイチ捉えづらい。どこか人と感覚がズレている部分があるからか、ネコさんの照れどころはちょっと難しい。

「そう」

——だけどネコさんも、『さくらの感情の揺れどころはイマイチ分からん』とでも思っていそうだ。

だってこんな、なんでもない会話なのに、私は顔を伏せるようにして珈琲《コーヒー》を飲んでしまっているからだ。

今、私の頬や耳はちょっと赤くなっていると思う。でも、お店にいる時は髪を結んでいるからそんな顔も耳も隠せない。こんな風に不自然に俯かないと、ネコさんの不意打ちの『ニヤッ』にドキリとしてしまったことを隠せないのだ。

まったく、普段は穏やかなアルカイックスマイルのくせに、たまぁに見せるこの『ニヤッ』はとても人間っぽくて、ネコさんが身近に感じられて私の心臓が駆け出してしまう。

「そうだ。それから、人の恋文を読んでしまう『罪悪感』というものも初めて分かりかけているぞ」

どうだ凄いだろう？　と、ネコさんはご機嫌な猫がやるように、私の顔に鼻先を近付けた。

「ち、近い！　もう、びっくりするから……」

ガタン！　私は慌ててのけ反ったものだから、戸棚に腰をぶつけてしまった。だって、あまりにも近すぎる。ネコさんは首を傾げ私の顔を覗き込んでいるけど、猫にはただのコミュニケーションの距離でも、これは人にとってはキスの距離感だ。

「驚かせたか。すまんな、俺の自慢を聞いてほしかっただけなんだが……」

「大丈夫、お話は聞いてます」

「そうだ。恋文といえば先日、男からのものがあってな！　それがこう……むず痒《がゆ》いというか……鳩尾《みぞおち》がソワソワするというか……。いや、可愛らしいのだが、時と共に色々なことが変わったものだと思った」

私は「ふふっ」と笑い、ネコさんの自慢と戸惑い、それから楽しかったことに耳を傾けながら、その陰で胸のドキドキをゆっくり、ゆっくり鎮めていった。

ネコさんと話していると、ドキッとさせられることがとても多い。

今に始まったことじゃないけど、ネコさんは人型で話をしていても、その距離感や情緒は『猫』のまま。だから戯れに、背中から近寄り私の肩に顎を乗せてみたり、頬に頬を擦り寄せてみたり、じっと私を見つめてみたりすることがある。

二人の時はまだいい。これがお客様がいる時だと視線が気になって……余計に心臓がドキドキうるさいし、最近は分かりやすく顔が赤くなっていると思う。それはなんだか、単純に恥ずかしいし、とっても、とっても困る。

「――それからな、さくら。恋文を読んで面白いと思ったのは初めてかもしれない。『近くにいるのにこの感情の名前が分からない』やら『伝えたら壊れてしまいそうで』やら『やっぱり今のままがいい』と、あれこれ回りくどくてなあ。だがその潔くない様が好ましくもあり面白く、それで彼の者のやっとの願いが『ずっと傍《そば》にいられ……』」

「っあ！　ネコさん、それ以上は言っちゃダメ」

パッ、と思わず手が出てしまった。ちょっと身を乗り出せば届いてしまう距離の、ネコさんの口に私は掌を押し付けた。

「ン、ん？」

煌《きら》めく瞳をぱちぱち瞬《また》かせ、ネコさんはこてっと首を傾げる。

「……ネコさん。私もうっかり聞いちゃったけど、それ『個人的な秘密』だよ」

それは以前、お詣《まい》りや奉納恋文の内容を話してしまうネコさんに言ったことだ。

「む……むむ？」

自分が話そうとした内容を思い返しているのだろう。ネコさんはこうして、一生懸命に人を理解しようとしてくれる。最近は特にだ。

だけど、ネコさんに本当の意味で理解はできるのだろうか？　おそらく今はまだ、難しいと思う。きっと、その奉納恋文の主の気持ちも、今、私が口を塞いでしまった気持ちも分からないだろう。

『近くにいるのにこの感情の名前が分からない』

『伝えたら壊れてしまいそうで』

私には、この恋文の主の気持ちが分かる。

私が掌で止めてしまった、『ずっと傍《そば》にいられれ……』の続きは『いられますように』だろうか？　それとも『いられたら、それで満足』だろうか？

――ああ、嫌だ。まさかこんなタイミングで自覚させられてしまうだなんて。

まさか人の恋文で、それもネコさんが「面白い」と、ただ好奇心を煽《あお》られるような恋心を綴《つづ》ったもので、この気持ちを知るなんて。

「ネコさん……恋文は、秘するものでしょう？　ひっそり奉納したその気持ちは、言わないであげて。言っちゃ駄目」

――ああ、こんな気持ちを言えるわけがない。言っちゃ駄目だ。

私は心の中で、自分にそう言い聞かせる。

「……む。そうだった。すまん」

ネコさんは羽根を握るようにそっと私の手を掴《つか》み、口から掌を外して言う。

「つい。つい、何故か忘れ難い恋文だったから、さくらに話したくなってしまった」

今、耳やヒゲが出てたらきっと盛大にしょげているところだろう。そんな顔だ。

だけど、しょげていてもネコさんの色違いの瞳はやっぱり美しい。猫の時と同じ、澄んでいて、光が入るとキラキラ輝いて、ジッと見られていると全てを見透かされてしまいそうで――

「いい恋文だったんだね」

私は分かってしまった自分の気持ちを隠そうと、そんな瞳からそっと視線を外す。だってこんな気持ちに気付かれたとしたら、私もネコさんもきっと困ってしまうから。

「そうだなぁ。珍しく男からの文《ふみ》だったからかもしれんが……よい恋文だと思った」

私に芽生えたこの気持ちは、心の中でそっと便箋《びんせん》にしたためて、小さく小さく折り畳んで封筒に入れて、しっかり封をして閉じ込めておこう。絶対にそれがいい。

「さくら？　どうかしたか？」

ネコさんと過ごすこんな時間が好きだから、『やっぱり今のままがいい』はずだ。

「さくら？」

「ううん、なんでもない」

私は意識して微笑んで、未だ掴《つか》まれたままだった掌をその手から抜こうとした。と、その時。ネコさんが「む？」と私の指先に目を留めた。

「さくら。随分と手が荒れていないか？　ほら、指先も甲も毛羽立っている」

「っ！　ネコさん、ちょっとくすぐったい……！」

さわさわ、やわやわと、ネコさんは私の荒れた手を指先でなぞる。

ああもう、ネコさんの白い指先が、なんだかとっても罪深い。どうしてそんなに労《いたわ》しげに優しく触るのか。

それにネコさんの指や手は綺麗で、ガサガサな私の手が恥ずかしくてあまりにも居たたまれなくて、私はグイっと手を引き、指を隠して両手を丸める。

「さくら、待て。隠すな」

「無理！　ガサガサだし、ささくれも酷いし、駄目！」

忙しさにかまけてハンドクリームを塗るのもサボっていたし、洗い物の時の手袋も、桜が咲いてからは面倒でしていなかった。

お客様が増えて洗い物も増えたし、お会計の度に手の消毒もする。それから恋文屋では便箋《びんせん》を補充する度に段ボールから出すことになる。そうすると、段ボールに手の油分を吸われてしまって——その結果の荒れた手だ。

「さくら、少しでよいから見せなさい」

グイと手を引かれ、丸めていた指先も伸ばされてしまう。こんなに滑らかでたおやかな手をしているくせに、ネコさんは見た目以上に力が強い。

そういえば、猫の時も意外と力が強かったっけ。パタンと閉まるような重たい扉も、あの細い前脚で開けていた。

「……治せそうだな」

「え？」

「両手をここに」

ネコさんが自分の両手を、水を掬《すく》うような形にして私に差し出した。

この上に乗せろというのだろうか？　私は二つの意味の恥ずかしさを抑え、そうっとその手に両手の指を乗せた。

手汗をかいてしまったらどうしよう。そんなことを思っていると、ネコさんは私の指先を握り締め、小さな声で何かを呟いた。

不思議な音の言葉で、祝詞《のりと》のようだけども、古い言葉で私にその意味は分からない。だけど心地のよいその旋律《せんりつ》は、私の緊張や焦りを落ち着かせてくれる。

そして少しの沈黙の後、ネコさんは私の指先にフゥと息を吹きかけた。まずはささくれの酷い人差し指に。次いで二枚爪になってしまっている中指に。ゆっくりと息を吹きかけながら動く唇はあまりにも近い。それにかすかにだけど荒れた指先に触れていて、私は温かい息よりも、その柔らかな感触に狼狽《うろた》えてしまっていた。

「ね、ネコさん⁉　まって……」

こそばゆい、恥ずかしい。顔から火が出るとはこのことか……！　私は初めてその言葉の意味を理解させられてしまう。

「や、」

ネコさんは動揺する私をチラリ上目遣いで黙らせて、首を横に振った。

これは、逃げるな、大人しくしていろってことだろうか？　この強く握られた手はそういうことだろう。

私は恥ずかしさと、それとはまた違う感情で震える心臓を抑えて目を閉じた。

でも目を閉じて、「ああ、しまった」と思った。目を閉じたら余計にドキドキ鳴る心音を意識させられてしまった。

こんなに騒がしく鳴っているだなんて。ついさっきまで、時々高鳴るこの意味に気付いていなかっただなんて、私はなんて滑稽《こっけい》なのだろう。

ネコさんの薄くて柔らかい唇が私のささくれた指に触れている。

ほんの少しかすめるだけでドキドキしてしまう。体中に血が巡り、そして心臓からまた送り出される度に、沸騰するように熱くなっている気がしてしまう。実際はそんなことがあるはずないのにだ。だけどもう、耳まで熱い。

「……ここまでだな。これ以上はまだ力が足りん」

そう言うと、ネコさんはそうっと爪先から唇を離し、私の指先を撫でた。

「えっ……？」

撫でられても引っ掛かってない？　ガサガサもささくれもなくなってる？

不思議に思い、私は手と指先に目を凝らす。

「うそ。治ってる……。ネコさんてこんなこともできちゃうんだ……」

「いやいや、俺の力ではない。ここの神の力を借りただけだ。さくらが日々、この坂上神社に奉仕しているのを彼らも見ているからな」

ネコさんが微笑み窓の外に目を向けると、突然さわさわと枝葉が揺れ始め、あの古木の桜がハラハラ散り始めた。そして――

「わぁ……っ！」

ビュゥッと音が聞こえたかと思うと、薄ピンクに染まっていた地面から風が巻き立ち花弁が巻き上げられた。そして、みるみるうちに境内《けいだい》が桜吹雪に包まれていく。

「さくら」

ネコさんが私を引っ張り、硝子《がらす》扉から外へ出た。

「さくらが参拝客を増やしてくれたお礼だそうだ」

「すごい……きれい……！」

見上げても地面を見ても、花弁が舞い踊り、終わらない桜の海のようになっていた。

「最後によい花見ができたな」

「……うん」

そっと握られていた白い手を、私はキュッと強く握り返した。

◆

「う〜ん……やっぱりオレンジかなぁ……それともレモンか」

スマホ画面を眺めつつ、ノートには候補メニュー。そして付箋《ふせん》でそれぞれコスト計算したものを貼り付けていく。

「苺はちょっと遅いし、ブルーベリーは近所に農園があるけどまだ早いし……」

早めの夕食後、私は自室のキッチンで初夏の限定メニュー作りをしていた。桜の季節限定で出した『桜のパウンドケーキ』がとっても好評だったので、季節毎に限定メニューを作るのもいいかもしれないと思ったのだ。

といっても、『Cafe　恋文屋』は珈琲《コーヒー》が主だし、平日のお客様は少ない。

「そうだなぁ……土日と……余裕があったら五月の連休限定でいいかな?」

私はカレンダーをめくり考える。

メインはあくまでも珈琲《コーヒー》だから、メニューは少しの変化でいい。そうだ、季節毎にカップの入れ替えもしなくちゃいけない。

「あ、そうだ。暑くなってくる時期だから、アイス珈琲《コーヒー》も始めたほうがいいかな……」

それならアンティークの硝子《がらす》コップのセットがある。現代のものより分厚い硝子《がらす》がなんだかちょっと不思議で、氷のようにも見える質感が面白くて気に入っている。

「うん。あれを使お――」

「おぉ〜い、さくらちゃんおるか〜？」

ノックと共にお爺ちゃんの声が聞こえた。こちらに来るなんてちょっと珍しいけど、どうかしたのだろうか？

「はい！　いますよ。お爺ちゃん、何かありました？」

「いやいや、そんな慌てるようなことは何もな？　ちょっと用があったんじゃが……少しいいかな？」

珈琲《コーヒー》を淹《い》れ、お茶菓子には猫の缶が可愛くて通販で購入したラングドシャを添えた。お爺ちゃんも夕食後だろうし、ほんの少し摘まめる軽いものでいいだろう。

「お猫様はお留守かな？」

「はい。最近は夜のお散歩が長いんです。風が心地よくて外でウトウトしちゃうみたいで」

「ほっほ、随分と猫のようなことをおっしゃるお猫様だ」

「お爺ちゃんったら。ネコさんは猫でしょう?」

ふふっと私が笑うと、お爺ちゃんはラングドシャを齧《かじ》り「うーん……」と唸《うな》った。

「さくらちゃん、確かにお猫様の本性は猫だがの、あの方は千年も生きたあやかしじゃ。決して猫ではないし、人でもない」

そして珈琲《コーヒー》を飲み、お爺ちゃんは私をじっと見つめニカッと笑った。

「妙なことを言うたの! すまんすまん」

「ううん。そうですね、ネコさんと一緒にいることに慣れちゃったから、なんだかたまに『お猫様』っていう不思議な存在だってこと忘れちゃうっていうか……」

いや、忘れはしないのだけど、意識はしなくなっている気がする。ネコさんは『ネコさん』であって、あやかしだとか猫又だとか、そういう存在だという気があまりしないのだ。

「さくらちゃんはここへ来てまだ日が浅い。お猫様をそのように認識できんでも仕様がない。それに最近は本当に仲が良いしの。爺はなかなか……お猫様とあれほどは親しくできんでなあ。正直さくらちゃんがちょっぴり羨ましいわ!」

ハッハと笑い、お爺ちゃんは再び珈琲《コーヒー》を飲んで「ああ～……美味い」としんみり呟く。

ネコさんは恋文やしろのお猫様で、神様と人を繋ぐ恋文配達人。気安く接してよい方じゃないのは分かっているつもりだけど――

　俯くと、チリン、とエプロンに付けた猫の鈴護りが鳴った。

「私、もしかしたら罰当たりなのかな……」

「うん？」

「お爺ちゃん。私、ネコさんと一緒に恋文屋で働くのが楽しいの。……それから寝癖がついたまま一緒に朝ごはんを食べるのも、夜のお散歩から帰ってきたネコさんをお迎えして、ちょっと一緒に月を見てお話しするのもすごく楽しい」

　一緒にいることが楽しいし、安らぐし、癒《いや》される。ネコさんのために美味しいごはんを作りたいし、美味しい珈琲《コーヒー》も淹《い》れてあげたい。そして傍《そば》にいたい。

「それにネコさんって、寝相は良いけどたまに寝言を言っててなんだか可愛いし……」

「あー……一応聞くがさくらちゃん、お猫様は以前と同じく猫のお姿かの……？」

　たっぷり三秒。私とお爺ちゃんの間に沈黙が下りて、私はその意味に気が付いた。

「猫ですってば！　ちゃんとネコさん専用の猫ベッドで寝てます！」

「なんじゃい。そうかい」

「前にも言いましたけど、人型のネコさんと一緒に寝るわけないですってば」

　まったくお爺ちゃんってば。……でも、この問いは当然なのかもしれない。私の罰当たりかもしれないの言葉を聞いたからこその確認だったのだろう。

「……ねえ、お爺ちゃん。どこの神社にも、実はお猫様みたいな神様の御使いや、あやかしがいるの?」

「いたとしても姿を見せるのは稀《まれ》じゃよ。数年に一度だけであっても、神社を継ぐ者に姿を見せてくださることは、本当に珍しくて有り難いことよ」

「そうなんだ……。じゃあ、おじさんやハトコのお兄ちゃんたちはネコさんのことを知ってるの?」

「いんや、あいつらは知らん。残念ながらお猫様のお姿を視る目を持ってないようでなあ。ああ、それともお猫様との縁が薄いのかもしれんなぁ」

「縁……」

私がネコさんの姿を初めて見たのはいつだっただろう? 四歳……五歳? ああ、違う。多分三歳の七五三だ。あの時に、私とネコさんの縁が始まったのかもしれない。

「ここは縁結びの神様がおわす場所であるからの」

お爺ちゃんはにっかり笑う。

「そうですね」

そうか。私がネコさんと一緒にいて楽しいのも、縁結びの神様が結んでくれた縁だからなのだろうか？　本来ならネコさんは『お猫様』という、遠くて人とは交わらないはずの存在なのに……

神様は、どうして私にネコさんとのご縁をくれたのだろう？

「縁と相性、それからまぁお猫様の好みかの？　……さくらちゃんは、お猫様のことが好きじゃろう？」

「えっ、あ……うん。はい」

『好き』という言葉を肯定したら、その途端に頬が熱くなってしまった。恥ずかしい。お爺ちゃんに気付かれてなきゃいいけど……。チラと窺《うかが》うと、お爺ちゃんはやけに優しい顔で微笑んでいる。

「さくらちゃんは一緒にいるのが楽しいと言っとったな。しかしお猫様は人ではない。――怖くは、ないかの？」

「えっ……？　いえ、怖いなんて全然……」

怖い？　ネコさんが？　そんなこと思ったこともない。あんなに優しくて、いつも穏やかで、ちょっと気侭《きまま》すぎるけど、でも無邪気で綺麗なネコさんが？

「えっと……いつも仕事を手伝ってくれたり、私を気遣ってくれて……その、助かってます。お給料を出せないのが申し訳ないくらいで……」

「ああ、まぁそれはそうよな。しかしその代わりの食事と寝床なんじゃろ？」

「うん。そうです」

それにしても、怖くはないかだなんて……。お爺ちゃんはどうしてそんなことを聞くのだろう？

じっと見つめるお爺ちゃんの目は、私の答えを見定めようとしているよう。ううん、私が勝手にそう感じているだけ？

「……ああ、そっか」

私が怖がっているように見えたからか。

罰当たりかとか聞いてみたりして、でもネコさんといる日々が楽しくて好きだと語って……。それなのに、でもでも、だって、と足踏みをして何かを恐れている。きっと、お爺ちゃんにはそんな風に見えたのだろう。

「お爺ちゃん」

「うん？」

「やっぱり私――ちょっと怖いみたい。ネコさんとずっと一緒にいるのは……ちょっと怖いかもしれない……ね」

気付いてしまえばこんなに怖いことはない。私とネコさんは、人とあやかし、有限の命と無限の生を持つ違う生きものだ。

今のネコさんとの毎日を愛おしく思う私は、いつかネコさんと一緒にいられなくなる日が来ることが怖かったんだ。だから——恋心に気付かない振りをしていたんだ。

「そうか、そうか。うん。畏《おそ》れの気持ちを持つことも大切なことよ。だがの、常の日々も同じくらいに大切なものじゃよ」

多分、お爺ちゃんには私の気持ちがバレてしまっているのだろう。だからこその問いだったのかもしれない。

「うん」

ネコさんのために開けている窓から風が入り、少し冷めた珈琲《コーヒー》の香りがふわりと立った。

きっと私は、ずっと、この少しの恐れを抱えたまま、ネコさんとの毎日を大切に続けていくのだろう。

「そうだね」

はにかみながらそう呟いた時、窓のほうから『チリン』という鈴の音が聞こえた気がした。

だがそちらを見ても、ネコさんの姿はない。

「空耳か……」

私のお守りの鈴が鳴ったのかもしれないな。私は可愛い音で鳴るその鈴を、愛おしげにこっそり撫でた。

十　空の文箱《ふばこ》

「それじゃあお爺ちゃん、おやすみなさい。……お酒は飲みすぎないでね？」

「はっは、心得ておるよ。ああ、そうじゃった。珈琲《コーヒー》をご馳走《ちそう》になってすっかり用件を忘れとったわ。さくらちゃん、明日はお休みじゃったな？」

「はい。何かお手伝いでもあります？」

「いいや、いいや。そうではなくて、ここらで連休を取ったらどうかと思ってな。ほれ、桜も散って人が減ったじゃろ？　ここへ来てからずっと働き通しじゃ。少し体を休めたほうがよい」

引っ越しからの開店準備、開店して桜が開花しての繁忙期。言われてみれば私はこのひと月余り、店休日はあったけど走りっぱなしだった気がする。

「どうかね？　なんなら三連休でも構わんよ」

「……それじゃ、お言葉に甘えて。明日と明後日、二連休をいただきますね」

「三連休にせんのか」

「うーん……三日もお店やらないとネコさんが退屈しちゃいそうだし……。あ、そうだお爺ちゃん、新メニューに使う柑橘《かんきつ》類の仕入れ先の相談に乗ってください！」

「おお、構わんよ。それじゃあ明日、お猫様と夕飯においで」

「はい！」

お爺ちゃんを見送った私は、再び新メニューと向き合っていた。今夜中に新メニューを確定して、レシピを考えて、明日は早速試作をしてみよう。そうだ、久し振りにお婆ちゃんの着物を着て、食材の買い出しに行くのもいいかもしれない。

「ネコさん、一緒に行くかな……？」

私はスマホで調べものをしてノートをめくる。少しだけ開けた窓からは、サワサワと夜風が入ってきている。今日は、あと数日で満月になる良い月夜だ。きっとネコさんのお散歩はまだまだかかるだろう。

ネコさんと過ごす休日を思う私の胸はほんのりと温かくて、この幸せな感覚はこそばゆくて心地よい。私はそんな気持ちでネコさんから貰ったお守りを眺め、開けた窓からネコさんが姿を現すのを待った。

――しかしその夜、ネコさんは帰ってこなかった。

いつもならもう寝ている深夜になっても、窓辺に気配すらしない。何かあったのではないかと心配になり、懐中電灯を持って近所を捜しに行ってしまった。

だけどその姿は見えず、首輪にしているはずのお守りの鈴の音も聞こえない。私は仕方なく部屋に戻りベッドへ潜《もぐ》ったけど眠れるはずもなく……。気付くと朝になっていた。

「ネコさん……どこ行っちゃったの？」

まさか普通の猫のように春の発情期なんてことはないだろうし、迷子になるなんてこともないだろう。千年も住みなれた場所だ。有り得ない。

「……もしかして、神様とかお社《やしろ》に何かあったとか？」

この前、ネコさんは神様の力を借りて私の手荒れを癒《いや》してくれた。そんなことができるなら逆もあるのではないか。そう思った私は、慌てて顔を洗い服を着替えて、お爺ちゃんのもとへと走った。

今はもう朝のお勤めを終え朝食の時間だ。もし神社に何か異変が起こっているのなら、お爺ちゃんも気が付いているはず。

「お爺ちゃん！」

相変わらず鍵が開いたままの玄関から上がり込み、速足で廊下を歩いてよい匂いを漂わせている台所に向かった。

「お爺ちゃん、おはようございます！」

「おお、朝から珍しいの！　さくらちゃんどうし……――酷い顔色じゃの」

お爺ちゃんは一目で異変を感じてくれたけど、やっぱりここにもネコさんはいなかった。

もしかしたら夜遊びをしすぎた寝ぼけまなこで「おはよう、さくら」なんて言って迎えてくれるんじゃないかって期待をしてたけど、そんなことはなかった。

「ほお。お猫様が帰ってこんか」

私は朝食を準備するお爺ちゃんの背中に向かって話をした。

「うん。ただ遠出を楽しんでるだけかもしれないけど、今までこんなことなかったから心配で……」

「そうじゃの。しかしまあ、とにかくまずは朝ごはんを食べなさい」

「でも……」

「まずは自分のことじゃよ。そんな青い顔してフラフラじゃあ捜すに捜せんわ」

そう言われ、渋々席に着いたけど、温かいものを口にしたら不思議と少し心が落ち着いた。

そしてお爺ちゃんに神社に変わったことはないかと訊《たず》ねたけど――

「いいや、朝の時点では特に気付かなかったがのぉ」

「そうですか……」

「しかし、まだ配達された奉納恋文の箱は開けておらんから、食事の後に確認してみようか」

「はい！」

朝食を終え、私はお爺ちゃんに連れられ本殿へ向かった。本殿とは、普段私たちがお詣《まい》りする拝殿のその奥、神様が祀《まつ》られている場所だ。

恋文やしろに奉納された恋文は、ネコさんの手によって本殿の『文箱《ふばこ》』へと納められる。

そして奉納恋文は、この時点でもう神様へ配達済みになっているのだという。

「よってな、ここで奉納恋文は最後の仕上げとして爺が祝詞《のりと》を捧げ、お焚き上げをして完了となるんじゃ――……おや」

雅《みやび》やかな文箱《ふばこ》を開けたお爺ちゃんが、蓋を持ったまま言葉を止め、眉根を寄せた。

「お爺ちゃん……？」

「入っておらん」

「え」

「こんなことは初めてじゃなあ。さて。お猫様が仕事放棄の上に出奔《しゅっぽん》とは……どうされてしまったのやら。のお？　さくらちゃん」

お爺ちゃんは顎を撫ぜてのんびり呟く。

「お爺ちゃん、やっぱりネコさんに何かあったんじゃ……」

「はっはっは。そんなに心配せんでもいい。お猫様は猫又さんじゃぞ？　そうそう何かがあるはずない」

「でも」

「偶《たま》にはこんなこともあろうて。さて。爺は恋文の奉納をせねばならんでな、まずはお社《やしろ》へ行って恋文を集めてこなければ。まぁったく朝から仕事が増えて忙しいのお！」

お爺ちゃんは笑ってそう言い文箱《ふばこ》を仕舞うと、廊下から庭へ降り、雪駄《せった》を履いてお社《やしろ》へと向かった。

「お爺ちゃん！」

「さくらちゃんは今日はお休みじゃろ？　少しゆっくりしとればよい。お猫様はそのうち帰ってくる」

「でも……」

「大丈夫じゃよ。あの方はどうしたってお猫様じゃ。必ずお戻りになる」

お爺ちゃんはきっぱりそう言って、日々のお勤めに戻っていった。

「どうしてそんな風に言い切れるの……？　お爺ちゃん……」

何か理由があるなら教えてくれればいいのに。それとも神社に関することだから私には話せないの？　でも、私はネコさんが心配で心配でどうしようもない。居ても立っても居られない。

「ネコさん……どこ行っちゃったの……？」

チリン。引っ掴《つか》んできた、ネコさんからもらった猫の鈴護りが揺れ、小さく鳴った。

私の連休一日目は、部屋でネコさんの帰りを待つことだけで終わってしまった。

着物でお出掛けしようとか、新メニューの仕入れ先の相談をしようだとか、色々と考えていたけど何かをする気にはなれず、ただただ窓から外を見たり、ネコさんを呼んでみたりした。

だけど私の声に応えてくれたのは、お散歩中の野良猫だけ。あの茶トラ猫は『ネコさん』の呼び名に反応したのだろう。猫好きさんはよく「ねこさん」「ねこちゃん」と呼んでるもんね。

そしてその日も、ネコさんが帰ってこないまま夜になった。私はいつもネコさんが出入りしているベッド横の窓を少し開け、そのまま布団へ入った。

いつも近くにあるぬくもりはなく、なんだか枕の隣が寂しかった。

ウトウトするけど少しの物音で目が覚めたり、ネコさんを捜し回る夢に疲れてまた目が覚めたり、いくら捜しても見つからなくて「ネコさん！」と呼んで飛び起きたりもしてしまう。

そんなことを繰り返した何度目かの眠りの後、今度は冷たい風が気になって目が覚めた。まだ外は薄暗いけど、鳥が鳴いているしきっともう朝だろう。私は重い瞼《まぶた》をこじ開けベッドから出て、開けっ放しだった窓を閉める。

「……あ、日が昇り始めてる」

ということは、朝五時を過ぎた頃だろうか。

私は窓から外を見下ろし、木々の隙間から境内《けいだい》に目を凝らす。だがネコさんの姿はやっぱり見えない。

「帰ってないか……」

溜息を吐き、そのままノロノロと洗面所へ向かった。鏡に映ったのは濃いクマを作って青白い顔をした私。ほとんど眠れていないのだから当然だ。だけど寝直す気にはならなかった。だって、どうせたいして眠れるわけがないのだから。

「ネコさんがいないだけなのにね……」

たったそれだけ。ほんのひと月余り前の状況に戻っただけなのに、こんなボロボロになるだなんて。

――そうだ。これが、私が恐れていたことなんだ。

ネコさんがいない。たったそれだけで、一度優しさに包まれ、満たされた気持ちは簡単に崩れてしまう。

一昨日、お爺ちゃんと話すまでは気付いていなかった気持ちなのに、気付かされてしまった途端、こんなことが起こるなんて神様は酷い。

「ネコさんにもう会えなくなったらどうしよう……」

じわり。涙が滲《にじ》んだ。

◆

「ネコさん！　ネコさーん！」

連休二日目。

私は人が少ない時間を見計らって境内《けいだい》を捜してみた。木の上にいないか、鳥居の上にいないかと見上げ、前に菜の花を見に行ったお散歩コースに足を延ばしもした。

だけど――

「はぁ。いない……」

ネコさんは全く見つからない。それとなく近所の人に聞いてみたりもしたけど、誰もその姿を見ていなかった。猫の姿も、人の姿でもだ。

これが普通の猫捜しだったなら、方法は他にも色々あっただろう。ごはんを置いておくだとか、トイレの砂を玄関周りに撒《ま》いておくとか、捜してますチラシを作ったり、動物愛護センターや警察に連絡したり……。ちょっとスマホで検索しただけでこんなにも捜す方法が見つかる。

でも、ネコさんは猫であって猫ではない。本当の名前すら明かしてくれない、猫でも人でもない、尋常ならざるモノだ。

「普通の猫捜しで見つかるわけがないか……」

私は恋文屋前に設置してあるベンチに座り、他に手はないかと考えるが、気が急《せ》くだけで何も思い浮かばない。

ハァ、と溜息を吐き項垂《うなだ》れたら、そんな私の目の前を黒猫がトコトコと横切った。

「あ、そういえば……」

猫を捜す方法の中に『近所の野良猫に「うちの猫を見かけたら帰ってくるように言ってね」と言付けしてみてください』なんてものがあったっけ……

その日、私はネコさんから貰った『猫の鈴護り』をチリチリ鳴らして近所中を歩いて回った。出会った野良猫たちにはもれなく「ネコさんを見たら、さくらが帰ってきてって言ってたって伝えてくれる?」とお願いし、とっぷり日が暮れてから一人の部屋へと戻った。

そして食事もそこそこに……フリーズドライのお味噌汁だけ飲んで、シャワーを手早く浴びてベッドへ横になった。勿論、ネコさんがいつ帰ってきてもいいように、窓は少し開けたままでだ。

「ネコさん……どこ行っちゃったんだろう」

なんで帰ってこないのだろう。やっぱり何かがあって帰ってこられないのだろうか? それとも——自分の意思で帰ってこないの?

ずっと目を背けていたその可能性を、一度考えてしまったらズキンと胸が痛んで苦しくなった。何かがあって帰ってこられないのも嫌だ。だけど、ネコさんの意思で帰ってこないのなら……それはもっと嫌だ。

「……ああ、嫌だ」

私ってこんなに醜い人間だったのか。恋が人を愚かにするって本当なんだ。

ネコさんの無事を祈りながら、自分を厭《いと》っていなくなったんじゃなければいい。そんなことを思うなんて。

「ネコさん……」

漏れた声はか細く震えていた。

ネコさんの身に万が一のことがあったらどうしよう？　寒くはない？　お腹は空いていない？　嫌な想像が次々に浮かんでは、じわりと涙が滲《にじ》んでしまう。

「無事でいて……。お願い。神様」

ああ。もしも神様がネコさんを隠したのなら……と、そんなことを考えてお詣《まい》りに行けなかったけど、明日はここの神様へお願いしに行ってみよう。ネコさんをお守りくださいと、もう一度、ネコさんと私の縁を繋いでください、と。

「ネコさんは神様の御使いなんだもん……きっと守ってくれる」

そう思って、ハタと気が付いた。

もしかしたらこれは、自分本位にネコさんを想う私への罰なのかもしれないと。

「そっかぁ……」

もしそうなら、さすが恋の――縁結びの神様だ。人間の気持ちをよく知っている。

「ネコさんに会えないことがこんなに苦しくて、悲しいだなんて……私自身も知らなかったのにね」

◆

浅い眠りについていた私は、ドザァア……！　という激しい音で目を覚ました。

――うるさい……なんの音？　耳元で大きな雑音…………

「……ん？　雨？　……えっ、雨⁉」

ガバッと布団を跳ね飛ばし、慌てて開けたままの窓を見た。幸い風はなく、雨は吹き込んできていなかった。しかし外を覗いてみると、雨は大粒でかなりの土砂降りだ。

「どうしよう……ネコさん、どこにいるんだろう……？」

私はソワソワ落ち着かない気持ちで身支度をして、無理矢理に朝食を押し込んで一階の『恋文屋』へ向かった。

お店を開けるような気分ではないし、こんな大雨……。ネコさんのことが心配で仕方がないけど、もう連休は終わった。今日はまた、恋文をしたためるお客様のための場所を開けなくてはならない。でも土曜とはいえこんな土砂降りだ。きっと参拝客は少ないだろう。今の私にとっては不幸中の幸いだ。

「そうだ、今のうちにお詣《まい》りに行こう」

私は開店準備を終えると、傘を差し拝殿へと急いだ。

「どうかネコさんが無事でありますように。……あと、もう一度だけでも……ネコさんに会えますように」

何度も何度もお願いをしていたら、いつの間にか雨足がどんどん強くなってきていた。そろそろ戻らなければ。そうは思うけど、神様にすがりたくて、つい離れがたくて手を合わせ続けてしまう。

そして跳ねた雨と泥で足下が冷たくなってきた頃、社務所の扉がガラッと大きな音を立て、開いた。

「ああ！　さくらちゃん、いいところにおった！」

「お爺ちゃん……？　どうしたのです？　まさかネコさんが見つかったの⁉」

私はお爺ちゃんへ駆け寄った。

ああ、よく見ればお爺ちゃんもなんだか疲れた顔をしているじゃないか！

一昨日、お爺ちゃんは『大丈夫』『必ずお戻りになる』と言ってネコさんを捜さなかったけど……そんなことはなかったんだ。お爺ちゃんはネコさんが心配じゃないんだ、今まで姿が見えないのが普通だったから仕方ないのかも……なんて思ったけど、そうじゃなかったんだ……！

「お爺ちゃん……お爺ちゃんもネコさんを捜してくれてたの？」

「当ったり前よ！　何日も奉納恋文が届かないんじゃ爺の仕事が増えて敵《かな》わんわ。ああ、それでな、今、納品に来た若いのが猫を見たと！　手足が白くて背中と頭が薄黄色で、額に薄灰の一筋模様が入っていたと！」

――ネコさんだ！

「どこ！　どこにいたの⁉」

「鳥居の横の大灯籠、その陰にある松の木の上じゃ！」

場所を聞いた瞬間、私は傘を放って走り出した。

バシャン！　バシャバシャと泥をはね上げて、大粒の雨の中、足下が汚れるのも構わず鳥居へ向かって走った。

それなりに広い境内《けいだい》、土の部分はぬかるんでるし、砂利には足を取られるし、石が敷かれているところでは滑って転びそうになって――チリン！　私の『猫の鈴護り』が大きく鳴った。盛大に転ぶところだった。

「あ、危なかった……」

ハァ、と一息ついて私は再び走り出す。手首につけた猫の鈴護りが、雨音にも負けずチリチリ、チリリと鳴っている。

これはネコさんから貰った、幸運の猫のヒゲが入ったお守りだ。いつもはお店用のエプロンにつけていたけど、少しでもネコさんを感じていたくて、昨日から手首に巻いて身につけていた。

「ネコさん……っ」

お願いだから、どうかまだそこにいて……！

チリチリ、チリリン。お守りを手首ごと押さえ握り込み、祈りながら走る。服が濡れようが髪が絡もうが構いはしない。だってネコさんは、昨日も一昨日もずっと外にいたのだ。

松の木の上といってもこんな雨じゃきっとずぶ濡れだ。体を濡らして蹲《うずくま》っているんじゃないか、お腹を空かせて寒い思いをしているんじゃないか、もしかしたら熱でも出して動けないでいるんじゃないか。

そんな心配ばかりが浮かんでくる。

ネコさんは確かにただの猫ではないけど、だけど猫でもあるし、猫又でもあるし、そして人でもあると私は思っている。

一緒に暮らした時間は短いけれど、一緒にごはんを食べたし、一緒に眠りもした。お風呂は渋々の手早すぎるシャワーだったけど、ネコさんは気侭《きまま》な猫であり人だった。

お腹も空かせたし、眠ればたまにプスプスいびきをかいていたし、お店では楽しそうに接客をしていた。そしてたまにお社《やしろ》へ行き、真剣な顔で恋文を読む横顔も見せていた。

チリチリ、チリン！

お守りの鈴が健気に鳴っている。この音がネコさんにも届けばいいのに。私が捜していること、あなたに会いたいと思っていることを知ってほしい。

「ハァッ、ハ……ッ、ハァッ……」

ペタリ。私は辿り着いた鳥居に手をつき息を整えると、張り付いた前髪ごと手で雨を拭った。

「ネコさん！　ネコさん‼」

大きな銀杏《いちょう》の下にある大灯籠、その脇をすり抜け曲がりくねった松の木を見上げた。手でひさしを作って目を凝らしてみるが、大粒の雨が邪魔をしてよく見えない。よじれながら天に伸びる枝は高く、そして松の葉は青々と茂っていて、これは姿を隠すにはもってこいの場所だ。

――チリ……チリリ……

「……ッ、ネコさん⁉」

チリッ。

声を上げた途端、控えめな鈴の音が止まった。

雨に混じっていたけど聞き間違いではない。私の手首の鈴でもない。そしたらそれは、私があげたネコさんの鈴護りの音！

「ネコさん、ネコさんどこ⁉」

今度はいると確信して目を凝らした。すると、ほんの僅かな違和感に気が付いた。降りしきる雨のカーテン越しに、何かが小さく揺れている。雨粒が当たり、ピピッ、ピピッとあちこちで不規則に揺れている松の葉。その揺れの中に何か――

「っあ！　ネコさん！　ネコさん‼」

いた……！　見つけた！　あの違和感は、松葉に交ざって雨をはじいていたネコさんの耳だったんだ！　あんな高い場所で上手に葉に隠れ、まるで自分は木のコブですとでもいうように蹲《うずくま》っているなんて！

「ネコさん！　ねえ！」

私は松の下から見上げ、その呼び名を呼んだ。

ああ、ああ。気付いてしまえばあれは絶対にネコさんだ。薄黄色の丸い背中と三角の耳、白い手足……は、泥だらけだ。

――チリン。一つ音が聞こえ、私は目を見開いた。ネコさんが体をそうっと起こし、前脚を一歩踏み出しているではないか。

「待って！　逃げないで！　そんなドロドロになってるのにどこ行くの⁉　風邪ひいたらどうするの⁉」

そうっと二歩目を出したネコさんに、私は「待って！」と、届くわけがないのに腕を伸ばして言った。

すると、チリリン！　振り上げた腕の鈴が大きく鳴って、私もネコさんもハッとした。

こんな大雨の中で、こんな小さな鈴からこんなに大きな音がするはずがないのに。

だけど私の鈴護りは、尚もチリン！　チリン！　チリン！　と、雨に濡れながら独りでに鳴っている。

「神様……？」

まさかと思いつつ、でも、そうとしか思えない。だってこの鈴の音がネコさんの足を止めてくれている。

私のしつこいお願いを、神様が聞いてくれたんだ。きっと。

「ネコさん！」

もう一度、呼んでみた。

数秒間、ザアア……という雨音だけが辺りに満ちて、そして、高い枝からゆっくり、ゆっくりとネコさんが下りてきて、見上げる私の鼻先に、その冷えた鼻をちょこんと付けた。

「……さくらこそ風邪をひいたらどうする。ずぶ濡れじゃないか」

首輪にしていたネコさんのお守りが揺れ、チリリンと鈴が鳴った。

私も手を伸ばし、手首の鈴をチリチリ鳴らしその体を撫でた。

「ずぶ濡れなのはネコさんもでしょう……？　びしょびしょ……」

撫でる度に指の間に水が滴《したた》った。大人しく撫でられている、その間近の空色と碧《みどり》色をじっと見つめたら、瞳が潤んでいることに気が付いた。

ああ、猫も涙を流すのか。そんな風に思ったけど、ネコさんは猫であって猫でない猫又で、人でもあるのだから不思議じゃないのかもしれない。

だから、ただの人である私が涙するのも全く不思議じゃない。それに大粒の雨の中なら紛れるだろう。私は自分自身にそんな言い訳をして、ボロボロと涙を零した。

「さくら。泣くな」

ネコさんは、冷たくてちょっと泥が付いた肉球で、私の頬にペトと触れた。

もしかして涙を拭ってくれようとしたのだろうか？　でも泥が付いただけで、全然拭えていない。猫の手なんだから当然だ。

だけどそんなところがネコさんらしくて、可愛くてちょっと笑ってしまう。

「泣くにきまってる……！　ふ……ふふっ……！」

「笑ってるではないか」

「ふふ、だってネコさん……、——もう……ネコさんに会えないのかと思った……！」

私が泣き笑いの酷い顔で両腕を広げると、ネコさんは一瞬躊躇《ちゅうちょ》して、そうっと私の腕に足を乗せた。そしてそのまま木から下りて私の腕に体を預ける。

「もう……どこ行ってたの？　すごく捜したんだから……！」

ギュッと抱き締めると、長時間雨に濡れていた体からポタタと雫が落ちた。

「……どこにも行っていない。俺は恋文やしろの猫だから……結局ここにしか居場所がなかった」

「私だって……ここにしか、居場所ないんだから……ネコさんがいなきゃ……」

チリリリン！　ネコさんが首を振り鈴を鳴らすと、ブワッと風が起こり雨粒を吹き飛ばした。そして私は人型になったネコさんに抱き締められていた。

「さくらが、こんなに捜してくれると思っていなかったんだ」

「私……そんなに薄情だと思われてたの……？」

確かに今回、再会するまでネコさんのことを忘れていたけど、それは幼かったせいだ。

「そうではない。ただ……」

ギュッともう一度きつく抱き締められて、なんだかもう、そんな言葉のやり取りはどうでもいいかと思ってしまった。人型のネコさんは私より大きくて、温かくて、文字通り私を包み込んでくれて……心からホッとした。

「……初めて仕事を放棄してしまった」

頭の上にネコさんの溜息が落とされた。

「そうだね」

「さくら。俺は逃げたくせに、さくらのもとに帰りたいと思っていた」

「……うん」

逃げた……？　ネコさんは、もしかして恋文配達のお仕事——お役目が嫌になってしまったの？　それとも何か他に理由があったのだろうか。

でも、今は——

「おかえり、ネコさん」

「……」

「恋文屋、今日もお休みにしちゃおうか」

「よいのか？」

「いいんじゃないかな。元々お爺ちゃんには三連休にしていいって言われてたし……それにこんな大雨じゃお客さんは来ないよ、きっと」

「うん。そうだな……」

ネコさんが頷きながら私の頬に顔を擦り付けたので、私は背中に手を回してぎゅうっと抱き締めた。

——さっき、ネコさんは『どこにも行っていない』と言っていた。

それから『俺は恋文やしろの猫だから』『結局ここにしか居場所がなかった』とも言っていた。

もしかしたら、その言葉は本当にその通りなのかもしれない。

ネコさんは恋文やしろのお猫様。猫又として、神様の御使いとして、お社《やしろ》と共に在《あ》るものだ。だからネコさんは、何か理由があって逃げたけど、結局お社《やしろ》に——ここ、坂上神社の神様に連れ戻されてしまったのかも——

◆

「昼まではあんなに土砂降りだったのに」

待ちに待った十七時になったので、私はシェードカーテンを下げ、開けていた窓も閉め、いそいそと店仕舞いをしていた。

朝の大雨は嘘のように上がり、お昼過ぎからは雲一つない青空となっていた。午前中にはいなかった参拝客も、午後から急に増えたので、臨時休業としていた恋文屋も昼から開けたのだ。

これは参拝客の姿を見たネコさんに、『奉納恋文をしたためたい者が来るかもしれない』とお願いされてのこと。

「恋文やしろのお猫様にお願いされたら、開けないわけにはいかないもんね」

――ネコさんは今、私の部屋でぐっすりと眠っている。

あの後ネコさんは、駆け付けたお爺ちゃんに思い切り抱き締められて凄く驚いていた。実は、お爺ちゃんに触れたのは初めてだったらしい。

私と違い神社の子だったお爺ちゃんは、ネコさんがどんな存在なのか子供の頃から分かっていたのだろう。だからいつも敬い、一歩引いた適切な距離を取っていた。だけど今日は、いつの間にか逆転した外見年齢のせいか、まるで孫に対するような、距離なんて感じない優しい抱擁《ほうよう》だった。

そしてお爺ちゃんは、私とネコさんに「今日一日、ゆっくり休むこと！」と言い付け、恋文屋もお休みしなさいと言った。

その言葉に素直に頷いた私は、ネコさんを部屋に連れ帰りお風呂に入れて、何も食べていないというからお粥《かゆ》を食べさせた。そしたら急に眠気がきたとかで、ネコさんが猫の姿で丸くなり寝始めたので、そうっとベッドに運んでやった。

すぅ、すぅ……という穏やかな寝息がとっても可愛くて、私はまだ体が冷えたままだったけれど、しばらくその顔を眺め体を撫でた。そしてその後、私もお風呂に入り出てきたところで、ネコさんがふと目を覚まして「さくら」と、私をベッドに呼んだ。

「どうしたの？　具合悪い？　あ、喉渇いた？」

「さくら、今日は恋文屋はやっぱり休みにするのか？」

「うん。お爺ちゃんもそうしなさいって言ってるし……」

「さくら、奉納恋文をしたためたい者が来るかもしれない。店を開けることはできないか？」

「え？　でもまだ雨が……」

レースのカーテンを開けて外を確認するが、やはり未だやみそうにない。

「いや――そろそろ雨はやむ」

ネコさんがそう言うと、ザアザアという雨音は徐々に小さくなり、真っ暗だった空が薄《うっす》らと明るくなり、みるみるうちに雲が晴れたと思ったら、雨がやんだ。

「うそ……」

「俺は恋文やしろの猫だから、お役目に関することは分かるのだ」

誇らしげでもあり、でもどこか寂しそうに言ったネコさんの猫の頭を撫で、私は柔らかなその体を抱き締めた。

「分かった。お店は午後から私一人で開けるから、ネコさんはここで休んでて？　お猫様のお仕事、明日からはちゃんとやるんでしょう？」

「やる。しかし三日も放棄してしまったから……怒らせているだろうなぁ」

「ふふっ。それじゃ三日分頑張らなくちゃね。あ、オヤツにパウンドケーキを置いておくね。あっ、ネコさん寒くない？　寒かったらお布団の中に潜《もぐ》ってね」

ふわふわの毛並みを撫で言うと、ネコさんの体からは少しずつ力が抜けて、とろとろ、ととろとろと再び眠りに落ちていった。

ゴロゴロと喉を鳴らし目を細める姿に胸が温かくなる。私の手で眠りに誘われて、心地よいと喉を鳴らしてくれるこの姿が愛おしくて、私は幸せを感じた。

十一　お月見の夜

エプロンを外して束ねていた髪をほどいて、駆け上がりたい気持ちを抑えゆっくりと階段を上る。

早く帰ってネコさんの様子を見たいけど、私の腕には保存容器に入ったお惣菜《そうざい》の山が抱えられている。まだ少し温かいこれは、今朝の騒ぎを知ったご近所さんが届けてくれたものだ。

ついさっきのこと。恋文屋の鍵をかけたところでお爺ちゃんに呼ばれ母屋《おもや》へ向かうと……そこにはお隣の華道の先生のお婆ちゃん、いつも畑で見かけるおばさん、坂下の職人さんの奥さん、朝、ネコさんを見つけてくれた業者のお兄さんが集まっていた。

「わ、皆さんどうかされたんですか……？」

「おお、さくらちゃん。ほれ、これ。持って行きなさい」

お爺ちゃんから手渡されたのはいくつもの保存容器。形も大きさもバラバラで、私はもしかして……？　と、ずっしり重い容器を抱えておばさん達の顔を見た。

「猫、見つかったんでしょう？　よかったわ～」

「本当にねぇ。さくらちゃん必死で捜し回ってたから心配してたんだよ」

「ほら、今日は沢山食べてよく寝てね！」

中身は煮物に菜の花のおひたし、ポテトサラダ、豚の角煮、小エビの素揚げ、小鯵《こあじ》の南蛮漬け、あっ、煮卵もある。これはお爺ちゃんの好物だ。

「あとこれはネコチャンに！　迷子中きっと食べてないだろう？　これが嫌いな猫はそういないから！」

そう言ってお兄さんが容器の上に載せたのは、あの
ちゅるちゅるのオヤツ。しかもちょっと高級感のあるパッケージのだ。それから美味しいと人気のプリンも一つ。

「あ、ありがとうございます」

「うん。ネコチャンどんな様子？　風邪ひいてない？　いやぁ見つかって本当によかったよ。雨の中あんな所で蹲《うずくま》ってたから、俺も気が気じゃなくって宮司《ぐうじ》さんに話したんだけど……この飼い猫さんだったなんてさあ。いや～本当によかった！　よかったね！」

いつの間にか手を取られ、ブンブンと振られながら握手をされた。

彼は何故だかもの凄く喜んでくれているようで、あまりの熱量に私がちょっと面食らっていると、お爺ちゃんがこそっと耳打ちしてくれた。

「大の猫好きなんじゃと。むしろ猫ばかじゃ」

「ふふっ、そうなんだ。……あの、見つけてくださって本当にありがとうございました。ネコ……ちゃんはぐっすり眠ってます。体も大丈夫そうです」

ネコさんの様子を思い浮かべそう答えると、なんだか急に、早くネコさんに会いたくなってきてしまった。

「さ、皆には爺がお茶を淹《い》れようかの。さくらちゃんは早く猫のもとに帰ってやりなさい」

「あ、はい」

フッと笑ったお爺ちゃんには、私の気持ちは見透かされてしまっていたようだ。

「あの、皆さんありがとうございました。今度ぜひ、カフェにもいらしてくださいね。珈琲《コーヒー》をご馳走《ちそう》させてください」

それだけ言って頭を下げて、私はお惣菜《そうざい》を抱え母屋《おもや》を後にした。

◆

「ネコさん……？」

鍵を開け、ドアをそーっと開けた。

ネコさんはもう起きているだろうか？　まだ寝ているだろうか。もし寝ていたら起こしちゃ可哀想だから……と、できるだけ静かに足だけで靴を脱いで——

「さくら」

「わっ⁉」

突然上から降ってきた声にビクッとして、脱ぎ掛けの靴がバンと音を立てて落っこちた。

顔を上げると、そこには人型のネコさんが立っていた。

「ネコさん！　起きてたんだ。どう？　疲れは取れた？」

「ああ」

頷いて、ネコさんは私をぎゅうっと抱き締めた。

そしてスリスリ、スリスリ。お風呂上がりの私に擦り寄る時のように、顔中に頬を擦り付けて、髪に鼻を埋め匂いを嗅いで、そしてこれでもかと私をきつく抱き締める。

「……あの……、ネコさん……？」

顔に当たる髪の柔らかさは猫の時と変わらないのに、どうしてと思うくらいに心臓が騒いでしまう。それに耳や首をかすめる「ハァ」という吐息がくすぐったくて、恥ずかしくて、私は棒立ちのままだ。

「……うん。満足した」

そう言うと、ネコさんは私からパッと離れ、いつものようにニコリと微笑む。

「ところで食べもののよい匂いがしているな。それか？」

「あっ、うん。そう。ご近所さんたちが持ってきてくれてね、すごく美味しそうなの！」

「ん？　さくら、これは？」

ネコさんがひょいっと摘まみ上げたのは、ちゅるちゅるの高級オヤツだ。

「あ。それは猫に人気のオヤツで……」

ネコさんは首を傾げつつ、興味深そうにクンクンと嗅いでいる。

「……かつお節入りだな。悪くない」

ニヤッと笑ったネコさんは、私の手からお惣菜《そうざい》の入った容器を取り上げると、今度は私の手を嗅ぎ不機嫌そうに眉をひそめて言った。

「余計な匂いが付いているな。さくら、風呂に入っておいで」

「え？　そ、そう……？」

私はそんなに匂いが付くようなものを触った覚えはないのだけど……？　と思いつつ、お風呂へ向かった。

◆

二人には多い品数のおかずで夕食を取り、食後のお茶を淹《い》れようとしたところでネコさんから待ったが掛かった。

「さくら。さくらの珈琲《コーヒー》が飲みたい」

「ふふっ、そうだね。ネコさん、もう三日も珈琲《コーヒー》飲んでないもんね？」

「……うん。まあ、そうだな」

何故かちょっと照れ臭そうに言うネコさんの後ろの、開けた窓からは煌々《こうこう》と輝く月が覗いている。美しい月夜には長いお散歩に行っていたネコさんだけど、今日は出掛ける気はないらしい。

まあ、確かにしばらくずっとお散歩してたようなものだもんね。今夜はゆっくり、珈琲《コーヒー》と頂きもののプリンを半分こにして、私と二人で季節外れのお月見を楽しんでもらおう。

「綺麗だね」

「そうだな。よい月だ」

ベッドの上に並んで座り、私たちは月を眺めていた。珈琲《コーヒー》カップとプリンは、トレイに載せて窓際に置いた。

狭いから倒してしまわないように気を付けないと……。そんなことを思いつつカップに手を伸ばすと、珈琲《コーヒー》を飲みたいと言っていたはずのネコさんの珈琲《コーヒー》が減っていないことに気が付いた。

「あれ？　熱かった？　ネコさん」

「ん？　ああ、珈琲《コーヒー》か。いや……」

見上げていた月からこちらにゆるりと向いた色違いの瞳は、いつもは力強く煌《きら》めいているのになんだか頼りなく、少し弱々しい。

「ネコさん？」

「さくら。やっぱり猫又とは怖いものか……？」

ネコさんは、ぴょこんと三角耳と二又尻尾を出して私に訊《たず》ねた。

「えっ……？　ううん、そんなことない」

思いもよらぬその問いに、私は首を振ってそう答える。

どうしてそんなことを聞くのだろう？　いつも優しくて、私を守るように隣に立ってくれて、人の姿は素敵な男の人で猫の姿は綺麗で可愛い、そんな猫又さんがどうして怖いものか。

「ネコさん、どうしてそんなことを……？」

不安げなその顔を覗き込もうと身を乗り出したら、手首につけていた『猫の鈴護り』がチリンと鳴った。

「あ……もしかしてあの時……？」

その澄んだ音が、私の記憶をかすめた。ネコさんがいなくなる前、お爺ちゃんと話していた時に、鈴の音が聞こえたような気がしたことを思い出した。

「ネコさん、お爺ちゃんとの会話を聞いてたの？」

あの時、お爺ちゃんに『お猫様は人ではない。――怖くは、ないかの？』そう聞かれた。

そして私は『ネコさんとずっと一緒にいるのは……ちょっと怖いかもしれない』と、そう答えた。

だけどそれは、猫又だから、人ではないから怖いという意味ではない。一緒にいることが楽しくて、一緒にいる時間が愛おしくて。だからいつか、ネコさんと一緒にいられなくなる日が来ることが怖いと、そう思って出た言葉だった。

「ああもう……私のせいだったの……！」

ネコさんは毛繕《けづくろ》い代わりに髪に触れつつ、ちょっとばつが悪そうに小さく頷いた。

「さくらが『怖い』と言ったのを聞いて……俺も怖くなってしまってな」

「違うの！　あれはネコさんが怖いってことじゃなくて……！」

ばちん、とネコさんの煌《きら》めく瞳と目が合った。そして思った。

――言ってもいいのだろうか？　と。ネコさんと一緒にいることが楽しくて、ずっと一緒にいたくなってしまったと。でも、そんなことを言ったらネコさんを困らせてしまうんじゃないかと思って、私は中途半端に言葉を呑み込んでしまう。

「ああ、分かっている。家出してみて、こうしてさくらのもとに戻ってきて理解した」

「え……？　理解……？」

「ああ。なぜあの場から逃げたのか、俺は分かってしまった気がする」

ネコさんは少しぬるくなった珈琲《コーヒー》にフーッと息を吹き掛けて、一口、二口。ゆっくりと飲んでペロリと唇を舐める。

「あの時、俺は急に人に化けるのが怖くなって、人の姿をやめて猫の姿で逃げたんだ」

「……どうして？」

「さくらに怖いと思われていた。嫌われたくない。それではもう恋文屋の手伝いなどできない。もう、さくらと一緒にいてはいけない。そう思ってしまって……。そうしたら、急に人の姿でいることが嫌になって、気が付いたら猫に戻って逃げていた。——とはいえ、さくらやお社《やしろ》のことが気になって、結局は境内《けいだい》に隠れていたのだがな」

苦笑いなのか照れ笑いなのか、ネコさんはまた髪を弄《いじ》りながら俯き加減でぽそっと言った。

「嫌うなんて有り得ないよ、ネコさん」

私は少し高いところにある頭に手を伸ばし、しょげてしまった耳ごと掌で包み込む。夜風で冷えてしまった耳を指で撫で、猫の時と同じ柔らかな髪を撫で、私は身の内で、秘かにドキドキと鳴る心臓を抑えその顔を覗き込んだ。

「怖くなんてない。ぴーんとしたお耳も、おいしそうな瞳も、怖くなんか絶対にない」

「……そうか？」

顔を傾け私を見るネコさんの頬はちょっぴり赤い。そして前髪の隙間から覗く瞳は潤み煌《きら》めいていて、やっぱりネコさんは綺麗で素敵で、人でも猫でも可愛らしい。

「そうだよ。だってネコさんは、私が小さな頃からずっと可愛がってくれて、優しくしてくれて、今なんてお店まで手伝ってくれてるんだよ？　……好きに、決まってるじゃない……」

最後はちょっと照れ臭くて小声になってしまった。

こんな形でなら伝えてもいいだろう。私がネコさんを好きだと思う気持ちと、ネコさんが私に嫌われたくないと思った気持ちは、きっと種類が違うだろうけど。

「……ネコさん？」

俯いていたネコさんが顔を上げたと思ったら、何故だかその目を丸くしている。

「さくら。逃げた時に、一つ思ったことがあるんだ……」

「ん？」

ネコさんは私の目を正面からじっと見つめ、何かを考えながら、何かを探りながら、逡《しゅん》巡《じゅん》を交えて言葉を続ける。

「俺は奉納恋文に綴《つづ》られている言葉や、恋文やしろの前で人が願う言葉。その言葉は何故、人によってこんなにも違うのだろうと思っていた」

人によって違う。それはそうだろう。私は単純にそう思うけど、でもまだ恋が分からない、恋を知りたいと勉強中のネコさんならば、考えてしまうものかもしれない。

「読む度に混乱したものだ。姫の手紙と似たものもあったが、どうにもよく分からないものも多かった。祈りの言葉、嫉妬《しっと》の言葉、優しい言葉、涙に濡れた言葉、甘い言葉……種類がありすぎて不思議で不可解で、それで俺は、この、面白い恋というものを知ってみたくなったんだが……」

ああ、ネコさんが読んだ数多《あまた》の恋文にあった言葉は、どれも『恋』ならば抱えることのある気持ちだ。そのどれもが正解で、どれもが恋。人として、少しだけど恋をしてきた私はそう思う。

「でも、それが、そのごちゃ混ぜの、綺麗なだけではない感情というものが……俺が、『さくらに嫌われたくない』と思った気持ちと似ていると思って。だからそれは、もしかしたら――」

ネコさんはむず痒《がゆ》いような表情でウロウロと視線を彷徨《さまよ》わせ、言葉を探している。

——トクン。私の心臓がまたソワソワと音を立て始めた。

もしかして、まさか。

そんな風に思うけど、でも、聞いてみてもいいだろうか？　口にしたら後悔するかもしれないけれど、『聞いて』と心臓が脳に命令してる。

「ネコさんは、恋が分かったの？　恋を知ったの……？」

私は恋を知っている。ネコさんが理解できなかった、様々な面がある万華鏡のような恋する気持ちを。

ドキン、ドキン。ネコさんに聞こえるんじゃないかと思うくらいに大きな音で、心臓が鳴っている。

「さくら」

ネコさんが私の名を呼び、そうっと身を乗り出した。すると——。チリン。ネコさんの腰に付けられている鈴護りが澄んだ音を鳴らした。

チリリ、チリン。ベッドの上でネコさんが私ににじり寄る。

「さくら。これが恋だろうか？」

ドクン、と。心臓が胸を突き破る程に大きく跳ねた。ブワッと体の中から熱が噴き出して、首から頬、爪先から指の先までが一気に熱くなった。

「さくらと一緒にいたい。嫌われたくない。だから逃げたのに、でも俺を捜してくれて嬉しかった。でも怖くて見つかりたくないとも思った」

「ネコさん……」

ちょっと照れ臭そうに笑い言うネコさんは、気付いたのだ。その気持ちは、ネコさんが不思議に思った恋文たちによく似ていると。

「私……恋文を書くよ。ネコさんに」

チリン、と手首の鈴を鳴らして、私はネコさんの手にそっと手を重ねた。

今、私の心はとっても、とっても温かい。一つ前の終わった恋は緊張ばかりで、終わった後もずっと苦々しくて、氷の棘《とげ》が刺さったままだった。そして心臓はいつしか冷えて固くなってしまったけど、それで構わないと思っていた。

だけど、恋を知りたいと言った恋文やしろのお猫様のおかげで、私の心臓はまた動き出す。最初は小さく揺れて、そのうち徐々に震えだし、知らぬうちに飛び跳ねるまでになってしまった。

この気持ちをネコさんに伝えたい。恋文にしたためて贈りたい、知ってもらいたい。

「恋文を？　さくらが俺にくれるのか？」

「うん」

私はネコさんの手をギュッと握って、自分が映るその瞳を見つめた。するとネコさんは、瞳を閉じて私の鼻をペロリと舐め、それからそっと唇を重ねた。

◆

いつの間にか月は真上を過ぎていた。だけど相変わらず私たちを見下ろして、煌々《こうこう》と夜を照らしている。

ネコさんは私を後ろから抱いて座り、スリスリ、スリスリ、飽きもせずにずっと頬ずりをしていた。それからたまに頬を舐められて、指や耳を甘噛みされて、くすぐったいし恥ずかしいけど嬉しくて、でもやっぱり気持ちはこそばゆくて、鳩尾《みぞおち》あたりがソワソワしてしまう。

チロリと横目で見上げてみた後ろのネコさんは、ご機嫌そのもの。多分これは、ネコさん流の、猫らしい愛情表現なのだろう。

……きっと、さっきのキスは人の真似をしてみたのかなと思うけど。

「さくら」

「なに？」

「ずっと一緒にいられたらいいのに……」

ネコさんは私の肩口に顔を埋め匂いを嗅いで、ぎゅうっと抱き締めた。

「俺は猫又だし恋文配達人だからずっとここにいるけど、さくらはいつか何処かへ行ってしまうかもしれないだろう？　それに……いつかは俺を置いていってしまう」

ドキリとした。

それは私も恐れること。ネコさんと私が持っている時間は違う。ネコさんは既に千年、私はまだたったの二十七年だ。

「さくら」

更にギュッと抱き込まれて、締め付けられた体がちょっと痛い。

「こんな気持ちになるのなら――恋なんて知らなければよかった」

私だって。一緒にいると楽しくて、こんなに安らげる好きな人がどうして人じゃないんだろう？　と思う。でも、もしもネコさんが普通の猫で、猫又にもなっていなくて恋文配達人をしていなかったら、私たちは出会うことすらなかったはずだ。

「……ネコさん」

私は腕だけでなく、がっちりと腰に巻き付いている尻尾を撫で、ネコさんの頭に自分の頭をコツリと寄せた。

「先のことはその時に考えよう？　それまでは、一緒に珈琲《コーヒー》を飲んでカフェで仕事をして、私は恋文を書くお手伝いをして、ネコさんは恋文の配達をして……。それで来年、また一緒にお花見をしよう？」

そろりと顔を上げたネコさんは少し情けない顔をしていた。それでも綺麗で格好よくて、やっぱり私はネコさんにときめいてしまう。

「ね。ネコさん」

「さくらはそれが怖くないのか？　俺は……どうしても怖い」

「……しょうがないネコさんね」

私もそれは怖いけど、だけどそうとは言わずに微笑んだ。

本当に、今のネコさんは初めて恋が叶った男の子のようで可愛らしくて、嬉しさと不安を抱えた只の人みたい。

「俺は……さくらと同じ人だったらと思ってしまうんだ」

「でもネコさん、今すごく人間っぽいと思うよ」

「ぽい、では何も変わらないではないか。人間っぽいではなくて……——ああ、そうだ」

何かを思い付いたネコさんは、突然私の背中から正面に回り、私を真っすぐ見つめて言った。

「さくら、名を付けてくれ。さくらだけが呼ぶ、俺の名を」

「え？　なんで急に名前なんて……」

それに確か、ネコさんのようなあやかしにとって名前を教えることは、己を差し出すことと同等だって言っていたはずだ。

「でもネコさん、名前は呪《しゅ》で、知られたら縛られてしまうって言ってたよね……？」

だから私はネコさんの本当の名前を教えて貰っていない。

ネコさんには千年前の姫君に付けてもらった名前がちゃんとあって、ネコさんが『恋文やしろのお猫様』である所以《ゆえん》もそこにあるからって……

「ネコさん、名前をもう一つ付けたりしてもいいの？　それは大丈夫なの？」

「……大丈夫だ」

「本当に？」

その少しの間がなんだか怪しい。ネコさんは、呪《しゅ》とは呪いのようなものと言っていたはず。そんな呪いだなんて恐ろしいものを、二つも持ったり、縛られたりしても本当に大丈夫なのだろうか。

そんな不安を拭い切れずネコさんをじっと見つめたら、二色の瞳が微笑んだ。

「大丈夫。ただ、さくらに名を呼ばれたいと思っただけだ。さあ、さくらだけの名前を付けてくれ」

「名前……」

そんなことを急に言われても……と悩み目を彷徨《さまよ》わせると、ふとネコさんの後ろに輝く薄黄色の月が目に入った。

今晩はちょうど満月だ。この月は、ネコさんがただの猫だった千年前にもそこに在《あ》り、この場所を照らしていた。餅をつく兎は違う形だったと聞いた気はするけど、それでも月は変わらず夜毎に昇り、恋文を運ぶネコさんを照らしてくれている。

「――輝夜《かぐや》」

私は呟いた。

「輝夜？　……待て、それは物語の姫の名ではなかったか？」

「あ、ネコさん知ってたんだ」

「さくらと一緒に絵本を読んだからな」

「ああ、そっか。私のせいか。……ねえ、ネコさん？　輝夜はどう？　いや？」

月にちなんだ名前はネコさんにピッタリだと思うのだ。

確かに『輝夜』はかぐや姫から取った名前だし、ちょっとホストっぽいと思わなくもないけど……でも、月が溶けたような色の毛並みのネコさんによく似合う。

それに月から地上へ、人の世へと降りてきてくれたかぐや姫と同じ『輝夜』という名前は、ネコさんを人の世へ縛り付ける呪《しゅ》とならないだろうか？

もう二度といなくなったりしないでほしい。ずっと人の……私の傍《そば》にいてほしい。そんな仄暗《ほのぐら》い願いを潜ませて、その名を贈りたいと思ってしまった。

だって、私は――

「ネコさんが好きよ」

「な、なんだ、突然……照れ臭いではないか」

分かりやすく狼狽《うろた》えるネコさんの耳を撫で、私はふふっと笑った。薄い色の耳は薄紅色が透けていて、ちょっと熱い。

「月のかぐや姫の名前は、きっと、ずっと、ネコさんを見守ってくれるんじゃないかな」

名前が呪《しゅ》になるのなら、私とネコさん、そして二人の居場所ごと照らしてくれるその月に、呪いと一緒に願いを掛けたい。

姫君から貰ったネコさんの本当の名が、お猫様というお役目に縛っているのなら、私が贈る名は、それ以外――人としてのネコさんを形作ってくれたらいい。そんな風に思う。

「輝夜か……。うん、美しいその名を貰おう」

ネコさんは振り返り、月を見上げてそう言った。

ああ、早くネコさんに恋文を書こう。

手漉《てす》き和紙に桜の花弁が散らされた、薄紅色のあの便箋《びんせん》がいい。インクは桜色に映える濃い空色にしよう。

『輝夜』と宛名を書いた手紙を渡したら、ネコさんはどんな顔をするだろう？

そんなことを考えベッドに入ったその夜は、初めて人型のネコさん――ううん、輝夜と一緒に眠った。


そして翌朝、ネコさんはまた姿を消した。

十二　恋文やしろのお猫様

「こんにちは、さくらさん」

「あ、妙子さん。いらっしゃいませ、今日もいつものでよろしいですか？」

「ううん、今日はちょっとね、先に新しい便箋《びんせん》を選びたいの。そろそろ藤も終わって紫陽花《あじさい》の時期でしょう？　新しいものが入ってるかと思って」

そう言う妙子さんの今日の着物は明るい藤色で、帯は水色と白の三角模様……確か鱗《うろこ》模様といったかと思う。黒に近い紫紺の帯揚げと帯留めが全体をキリリと締めていて、妙子さんらしくて相変わらず素敵だ。

「ちょうど新しいのが入ってきたとこですよ。紫陽花《あじさい》、薔薇《ばら》、百合……菖蒲《あやめ》もあるし、でも藤もまだ人気の柄です」

「あら本当、沢山入ってるのね！　先週は来られなかったから楽しみにしてたのよ～」

恋文屋では季節感のある絵柄を多く扱っている。これは便箋《びんせん》選びを楽しんでいたネコさんの意向だ。まだその辺りに疎い私には、勉強をしながらの発注だけど。

「そういえば、ネコさんはまだ戻ってないのね。もうふた月になるんじゃない？」

「そうですね。……ネコさん、故郷でゆっくりしちゃってるのかもしれません」

妙子さんには、ネコさんは一時帰郷中だと伝えてある。外国人っぽい外見がこんなところで妙な説得力を生むとは思わなかった。

「そうねぇ。ネコさんてなんだか浮世離れしてたし、のんびりもしていたものね。とっても素敵な子なんだけど！」

「そうですね」

「早く戻ってくるといいわね。また三人でお喋りがしたい……あ、これ素敵ね。お花じゃないけど！」

妙子さんはネコさんが最後に発注してくれていた、レモン柄の便箋《びんせん》を手に取り笑う。

「ふふ、そうですね」

和紙に描かれたレモンは淡い色で、ネコさんの毛の色に似ている。私はこんな些細《ささい》なことでもネコさんの——輝夜のことを毎日のように思い出している。

「ねえ、さくらさん。今日はアイス珈琲《コーヒー》をいただける？」

「はい、かしこまりました」

——ネコさんはアイス珈琲《コーヒー》は好きだろうか。

いつの間にか季節は移ってしまったけど、月は毎夜、変わらず昇っている。恋文やしろにも、毎日変わらず恋文が奉納されている。

変わったのはネコさんの存在だけだ。

「でも……呪《しゅ》だって言ってた名前を私に付けさせたんだもん」

きっと……名で縛った私のもとへ戻ってきてくれるよね、ネコさん。

——輝夜。

◆

「よいしょ……っと」

折り畳みの看板を外へ出し、チョークアートに新メニューの今日の限定数を書き込んだ。限定五食。ちょっと少な目だけど、一人営業に慣れてきたとはいえ、今日のようないい天気の日は油断ができない。

「味の感想も聞きたいし、便箋《びんせん》選びにもゆっくり対応できるようにしたいし……」

もうじき梅雨の足音が聞こえてくるこの季節は、坂の下からの潮風の香りも強い。

ネコさんがいなくなり、恋文屋もカフェのお客様も減るかと思ったけど、そんなことはなかった。

恋文屋は、文具好きの人たちの間でじわじわと評判になっていたようで、お土産《みやげ》や自分へのご褒美《ほうび》を探しに来店する人が増えていた。

カフェのほうもそこそこ順調だ。逆にちょっと手が足りない日もあるけど、私は猫の鈴護りを付けたエプロンをして一人で頑張っている。元々一人でやる予定のお店だったしね。なんとかやっている。

「新メニュー、今日からです……っと」

私は地面スレスレにスマホを構え、青空バックの看板を撮影してSNSへ画像を上げた。

今日からの新メニューは『初夏のレモンのパウンドケーキ』だ。

調べてみるまで知らなかったけど、レモンの旬は冬から春だという。イメージ先行で、てっきり夏が旬だと思っていたので、実は旬じゃない！　と知って驚いたし、レシピまで考えて決めてしまったメニューをどうしようかとちょっと悩んだりもした。

「だからレモンの便箋《びんせん》、桜の頃に入ってきてたんだねえ……」

便箋《びんせん》の発注をしたのはネコさんだった。きっとネコさんがいたら「さくら、レモンは時季外れらしいぞ？」とメニュー決めの時に言っていただろう。

「うん。でもやっぱり、レモンの黄色は初夏の空によく合うし、爽やかな香りもさっぱりした味も夏向けだものね！」

新メニューは人の出足がよくなる梅雨明けからにしようかと思ったけど、客足が少ないうちに試して反応を見るのもよいかと、少し早めに準備してみた。

「あ、もう反応きてる」

ＳＮＳのほうも順調だ。たまに姿の見えないネコさんを恋しがる声も届くけど、みんな帰りを静かに待ってくれている。

何故かというと――

私はチラと、店内のそこへ視線を向けた。硝子《がらす》越しに見えるのは、ネコさんお気に入りのカウンター席。それとその前に置かれた『予約席』の札だ。

私はこの席を『予約席』としてキープしている。

これは『早くネコさんが帰ってきますように』という私の願掛けだ。お店が混んでいてもこの席を空けることはしない。

するとそのうちに、常連のお客様の一人がその予約席の意味に気が付き『#ネコさんの予約席』のハッシュタグ付きで席の画像が投稿された。そして、最近ネコさんを見ないけどそのうち帰ってくるんだね。と、そんな空気が生まれたのだ。

「みんな待ってるよ、ネコさん」

人としてのネコさんの居場所がここにあると、ネコさんに伝わったらいいのに。私はそんな気持ちも込めて呟いた。

「――さくらちゃん」

じゃり、と草履《ぞうり》の足音が聞こえ振り向くと、お爺ちゃんが歩いてきていた。

「お爺ちゃん！　おはようございます。新メニューのお持ち帰りですね？」

「はっは。まあ、それもあるんじゃが、ちょっと……伝えたいことがあっての」

「はい……？」

伝えたいこと？　改まって珍しい……なんだろう？

「実はの、あー……ご神託が下ってな」

「ごしんたく……？　……ああ！　ご神託！」

普段使うことのない言葉だったので一瞬なんのことだか分からなかった。でもそうだ。お爺ちゃんは神社の宮司《ぐうじ》さんで、恋文やしろがあるここには、本当に神様がいる。それなら、そうだ。ご神託があってもおかしくない。それに――

「あの、もしかして……」

ドクン、ドクンと、私の心臓がぎこちなく揺れ始める。

「ああ。お猫様のことよ。どうやらお猫様は根子岳《ねこだけ》に行ったらしい」

「ねこだけ……？」

「九州にある山なんじゃがの、猫又が修行するお山だという言い伝えがある山でな」

しゃがんだお爺ちゃんが『根子岳』と地面に指で書いてくれた。なるほど、山か。それにしてもそんな場所があったなんて……全然知らなかった。

「それでの、お猫様はもう恋文を届けるのは止めにすると、根子岳を通じて天上《うえ》に申したそうでなあ」

うえ……って、神様のことだろうか？

「『恋の重さを知らなければ何通でも配達できたけど、その重さを知ってしまったら、自分の力ではもう天まで届けることはできない』とおっしゃって、お役目をお返ししたそうじゃ」

「えっ、それって……」

じわり、嫌な汗が滲《にじ》んだ。

待って。お役目は、ネコさんがお猫様として、猫又として存在するために必要なことだって……言ってなかった？

〝姫に大事にされ役目をもらい、それを全うした褒美《ほうび》から『恋文やしろ』に祀《まつ》られた。そして『お猫様』と呼ばれ、やがて二又尻尾のあやかしとなったのだ〟

ネコさんは、確かにそう言っていたと思う。

「意外と生真面目なお猫様らしいというかなんというか。しかし、まさかお役目を返上されるとはのぉ」

「お爺ちゃん、ネコさんは……？」

ううん、とお爺ちゃんは小さく唸《うな》る。

「……神様もあやかしも、お役目がなければ現世には留まっておれん」

「でも、お社《やしろ》の恋文配達人は？　必要でしょう？」

「まぁそれは、爺が責任を持って神様へお届けすればよいことよ。普通はそのようにしとるしな」

「でも」

それじゃあネコさんは？　輝夜はもう戻ってこないの？　お役目がなくなった猫又はどうなってしまうの？　どこへ行ってしまったの？

しかし、目を逸らし沈黙で答えるお爺ちゃんがそういうことだと言っているようで、私は俯き自分の影を見つめるしかできない。

——まさか、消えてしまったの？　輝夜の名は、なんの意味も力も持てなかったの？

私は声には出せないその名を心の中で呼ぶ。

「あ〜……それでなぁ。さくらちゃん、人を雇わんか？」

「え？」

何を突然……と思うけど、なんだか頭が痺《しび》れたようになっている私には些細《ささい》な違和感だ。

「いや、人と言ってもちょっと変わったお人なんじゃが……」

砂利を踏む音と「チリン」という鈴の音がして、私はハッと顔を上げた。

ちょっと困ったような顔をしたお爺ちゃんの、その後ろに立っているのは見慣れたあの髪、あの姿。

だけど着ているものだけが違っていた。いつもの神職《しんしょく》の装束じゃない、デニムにシャツというシンプルな普通の格好だ。

「今は隠しておるがの、このお人には実はフワフワの耳と二又の尻尾があってな？」

お爺ちゃんはニヤッと笑って言うと、彼に一礼し、私の前を譲って一歩後ろへ。

「ネコさん……！」

「輝夜だ」

コソッと、私だけに聞こえる声でそう名乗った。

ああそうか。お爺ちゃんがいるから……『輝夜』の名は秘密なのか。

「俺は便箋《びんせん》を選ぶのは得意だが、珈琲《コーヒー》を淹《い》れることは練習中なので……ご指導よろしく？」

どこにでもいる男の人みたいな格好で言って、私に手を差し出し立ち上がらせる。

薄黄色の髪、空色と碧《みどり》色の瞳、耳に心地よく響く涼やかなその声。だけど本当に、戻ってきてくれた。本物だろうか？

私はその手をガシッと両手で掴《つか》み、握って、その温かさを確かめて、そしたら途端に涙が零れだした。

「急にいなくなって……！　どうしてそうなの⁉　なんで、一人で勝手に……！」

ボロボロとみっともなく泣きながら、せっかく帰ってきてくれたネコさん――輝夜の手をぎゅうぎゅう握って言う。すると輝夜は顔を歪め、震える私を包み込むように抱き締めた。

「すまない。俺自身どんな扱いになるのか分からなかったから……さくらに何も言えなかった。ごめん、さくら」

「それなら、それを言ってくれたらいいのに……！」

「ごめんよ」

私が言っているのは、ただの我儘《わがまま》なのは分かっている。だけど、何も告げられずいなくなられたら――。名付けのか細い繋がりだけを頼りに日々を過ごすのは、物凄く心細くて不安だったのだ。

だからほら、私が顔を押し付けている輝夜のシャツは涙でもうぐしゃぐしゃだ。それから本当は、私も輝夜を抱き締め返したいけれど、覆い被さるようにして抱き締められたから、私の両腕は胸の前に縮こまったまま。これでは彼のシャツを握ることしかできない。

「さくらに名を貰って……その途端、おかしな感覚がしたんだ。なんと言うか……身から何かが剥がれ落ちるような、足下がぐらつくような、急に自分が不安定な存在になった気がしたんだ」

「えっ……あの時に？」

「そう。だから、ああ、これはこのまま此処には居られないんだと思って……猫又であろうちにと、急いで根子岳へ向かったんだ」

「……九州まで行ったの？」

すると後ろのお爺ちゃんがブフッとふき出した。

「はっはっ、さくらちゃん、違う、違う」

「えっ、だってお爺ちゃんが九州だって……！」

そのお山は九州にあるって言ってたよね？　だから私、猫の姿でそこまで行ったのかと……だからこんなに長く帰ってこなかったのかって思ったんだけど……違うの⁉

「さくら、俺たちのいう根子岳は、此方とは違う次元にある根子岳だ。だから距離は関係ない。ひと飛びで行ける場所だよ」

「……それなのに、二ヶ月近くも帰ってこられなかったの？」

「ごめんよ、さくら。叱られていたんだ」

「えっ？　だ、誰に……？」

まさか神様に……？　ここの神様に叱られてしまったの？　もしかしてそれは、勝手に新しい名前を付けた私のせいじゃないの……⁉

「飼い主に」

「え？」

飼い主……？　輝夜の飼い主って……

「根子岳の主《ぬし》がお呼びしていたそうでなあ。『お役目を果たせないなんて私の猫又失格よ！　あなたもう一度、人に仕えて修行をやり直しなさい！』と、姫に叱られてきた」

まさか。千年前の恋文の姫君が今も……生きてる？　存在しているの？

「そのようなわけで……いやぁ、人になれるかな？　と少々期待して根子岳へ行ったのだがな、俺は新しい主人を見つけて猫又修行することになってしまった」

すると輝夜は腕をほどいて砂利に膝を突き、私を見上げてこう言った。

「さくら、俺の新しい主《あるじ》になってくれないか？　お前のもとで修行をし直したいんだ」

「主……？　私が？」

「そう。俺の恋しい主よ。せめてお前が天に召される時まで、ずっと一緒にいたいんだ」

「そんな、先の話……」

せっかくまた会えたのに、いつか来るさよならの話なんてしないでほしい。多分まだまだ先だけど、猫又の輝夜と人の私には、確実に来るお別れだ。

「さくら。どうかこの手を取ってくれないか。ほら、首輪をつけてくれてもよいぞ」

輝夜は笑って襟元を開け首を見せるけど、その手を取りたいと思うけど、先を考えてしまうとどうしても悲しくて私は手を出せない。

だって、私がいなくなったら輝夜はまた……一人でここで、恋文を配達するのだろうか？　そんな風に縛って残すなんてこと、したくはないのに。

「……私がいなくなったら、あなたは自由になるの？」

「どういうことだ？」

「私が一生を終えた後、あなたはどうなるの？」

「ああ、それは今まで通り——さくらに恋する前と同じになるだけだ。俺は修行を終えて、新しい名を持ったお猫様に戻るだけ」

「やっぱりそうなんだね……」

「さくら？」

輝夜の手を取らないなんて有り得ない。ずっと一緒にいたい。だけど——

「あ～あのな、ちょっといいかの？　さくらちゃん。先が心配ならばこうしたらどうじゃ？」

横目で窺《うかが》っていたお爺ちゃんが、そう言葉を挟んだ。

「さくらちゃんはお猫様と一緒にいたい。お猫様もさくらちゃんと一緒にいたい。それならほれ、天上《うえ》の理《ことわり》を利用させてもらえばよい」

「え……？　どういうこと？　お爺ちゃん」

「小治郎？」

輝夜は膝を突いたまま、不思議そうな顔でお爺ちゃんを見上げている。

「さくらちゃんにも相当な覚悟が必要じゃが……聞くかの？」

「聞きます」

私は強く頷いた。お別れがずっと先だとしても、輝夜を一人ぼっちで役目と私に縛り付けるなんてことはしたくない。

今はまだ考えたくないけれど、遠い未来、もしもまた輝夜が誰かに恋をしたら、ちゃんと手放してあげたい。猫のように気侭《きまま》に、好きな人と好きな場所に行って、幸せに過ごしてほしいと思うのだ。だって輝夜には長い時間があるのだから。

「ずっと共にいたいのなら、さくらちゃんもあやかしになればいいんじゃよ」

「え？」

「なれるか？　人からだと――鬼？　いや、それではさくらがあまりにも可哀想だ」

お、鬼……？　角のある……あの、鬼？　それはちょっと抵抗があるか……も。

「お、お爺ちゃん……？」

「はっはは！　いやいや、鬼じゃのうて、お猫様の嫁になればいいんじゃて」

『嫁』という、またもや予想外の言葉に私は目を丸くして、そして首を傾げた。

「あの……なんで嫁になると、あやかしになれるの……？」

「ああ、なるほど」

輝夜は何故か納得しているけど、私には全く、さっぱり意味が分からない。

「さくらちゃん。昔から『異類婚姻譚《いるいこんいんたん》』という、人と人ではないものの婚姻話がある。色々なパターンがあるが、嫁は人とは違うものになっとってもおかしくない。いや、多分そうなっとる。──そうですな、お猫様」

「まあ、そうだな。彼方側に連れて行くわけだから」

「……あちら？」

「ほれ、さくらちゃん。あーちょっと違うが……黄泉比良坂《よもつひらさか》……黄泉戸喫《よもつへぐい》というものを知らんかな？」

「黄泉比良坂《よもつひらさか》はなんとなく……？　神話ですよね？」

「そうそう。そして黄泉戸喫《よもつへぐい》は、黄泉の国でそちらの食べものを口にしてしまうことじゃ。黄泉に限らずな、あちらのものを口にしたり、交わったりすると人は人でなくなってしまう。分かるかの？　さくらちゃん」

「はい。分かるけど……」

どういうこと？　と、私はお爺ちゃんに向けて首を傾げ、それから輝夜を見上げた。するとどうしてか、輝夜はそろりと私から目をそらし、何故か少し赤くなった耳を隠すようにして手でさすっている。

「……さくら。人は、人と違うものを受け入れると、在《あ》り方が変質してしまうのだよ」

「人と違うものを受け入れると……？」

それが黄泉戸喫《よもつへぐい》？　あちらのものを口にしたり交わったり……

――交わったり、、、？

「あっ」

そういう意味……！　ああ、だから『嫁』って……！　お爺ちゃんは覚悟が必要だと言って、輝夜が耳を赤く染めていたのはそういう……！

「わ、分かりました……」

ちょっと頬が熱いけど、お爺ちゃんの案は理解した。

確かにそれなら、私は輝夜を置いていかないで済むし、私が一方的に名で縛っている状態ではなくなるだろう。

私がチラと横目で輝夜を見上げてみると、今度は輝夜も視線を返してくれた。

「まあ、今すぐでなくともよいと思うがの。今すぐでもよいが――のお？　お猫様」

「小治郎。今すぐなど――」

「ううん、輝夜。あの、私、今すぐでもいい」

『輝夜』の名は声にはせず口を動かすだけで呼び、グイッとその袖を引く。

「さくら？」

「私、あなたの主になるから、あなたは私を嫁にして……ください」

そして、思い切って輝夜の手を取った。

さっき跪《ひざまず》いて乞うてくれた輝夜の手をしっかり握って、今度は私がお願いしよう。そう思ったのだ。

私はここへ越してきて、輝夜に再会して、一緒に恋文屋で仕事をして一緒に食事をして一緒に寝て……。いくつかの出来事があって、一緒に日々を過ごしたからこそ、ここを私の居場所にできた気がする。

だから……私はこうして、並んで手を繋いでいたい。輝夜と一緒なら、きっと楽しくて嬉しい生涯になる。人でなくなったって、全然いい。

「輝夜」

「いや、待て、だが今すぐは……」

照れだろうか、狼狽《うろた》えた言葉を輝夜が口にしたその時。潮風がブワッと坂道を駆け上り、鳥居を抜けて恋文屋の暖簾《のれん》を翻した。

『フフッ、フフフフッ』

そして私たちの上から、楽しげな女性の笑い声が聞こえた。周囲には私たち以外の人はいない。珍しいくらい、境内《けいだい》には誰もいないのに、だ。

私と輝夜が上を向き、キョロキョロと辺りを見回していると、お爺ちゃんが不思議そうな顔をして言った。

「どうかしたのかの？　二人共」

「え……？　お爺ちゃん、聞こえないの？」

「なんじゃと？　二人には何か聞こえておるんか」

フフフ、フフッ！　とまた笑い声が聞こえた。今度は聞こえないと耳に手をやるお爺ちゃんを見て笑っているよう。

――鈴を転がすようなこの声は何？　一体『誰』なのだろう？

『愛らしい子ね？　私の猫の新たな主』

「姫……」

輝夜が嬉しそうな、だけど少し戸惑いの混じった声で呟いた。

「姫……？　まさか、恋文の？」

私は頭上の青空を見上げた。お爺ちゃんは何かを察したのか目を丸くして手を合わせ、輝夜は私の手を強く握り返し、息を詰め上を見ている。……もしかして、輝夜には何かが見えているのだろうか？　猫は何もないところに何かを見るっていうし……

『新たな主の子、本当に猫に嫁《か》しますか？』

そよ風に声が乗り、小さなつむじ風がひゅうっと私の髪を巻き上げる。

これは姫君に尋問されているのだろうか？　私が輝夜の新しい主に相応《ふさわ》しいのか、嫁となる覚悟が本当にあるのかと。

でも、それなら答えは一つしかない。

「——はい」

『うふふ、随分と思い切りがよいのね。それでは条件を出しましょう。——三年です。この先三年、二人が睦《むつ》まじく過ごせたならば、私が輝夜とさくらの縁を繋いであげましょう。あやかしと人が共に暮らすのは難しいこと。できるかしら？』

「はい。できます」

『猫よ。主を嫁にするために、お前は私に何を奉納してくれますか？』

つむじ風は再びそよ風に変わり、いつの間にか姫沙羅《ひめしゃら》の白い花を乗せて踊らせている。

「それでは、恋文を奉納いたします。さくらへの気持ちを毎日綴《つづ》り、あなたに証明いたしましょう。……それで安心してくれますか？　姫」

『ふふ、楽しみにしていますよ。私の大切な可愛い猫の子——』

そしてポトポトッと、姫沙羅《ひめしゃら》の花が地面に落ちて、そよいでいた風がピタリと止まった。

「……お帰りになったかの」

お爺ちゃんはハーッと大きく息を吐き、その場にへたり込んだ。私と輝夜はというと、その場に立ち尽くし顔を見合わせていた。

「ねえ？　姫君って、もしかして……？」

私は毎日見ている拝殿にチラリと目を向けた。ここに祀《まつ》られている縁結びの神様は、確か夫婦神ではなかっただろうか？

「さあ？　上のことはあまりな。俺はただの、修行中の猫又だから」

輝夜はニッと笑うと、繋いでいた手をほどき、両腕を広げて思い切り私を抱き締めた。

◆

『Ｃａｆｅ　恋文屋』では、今日も恋文を書く娘……ばかりではなく、最近増えた男性客も、珈琲《コーヒー》を楽しみながら筆を走らせている。

この、恋文屋と恋文やしろへの男性客の増加にはある切っ掛けがあった。それは以前、神《しん》職《しょく》姿で給仕をしていた一人の男性店員の存在だ。

長身に淡い金色の髪、空色と碧《みどり》色のオッドアイという目立つ容姿。そして猫を思わせるしなやかな身のこなしが素敵だと、ＳＮＳで話題になっていた彼だ。

今は何故か神職《しんしょく》姿ではなく、黒のパンツに白いシャツ、そしてギャルソンエプロンを着けているのだが、嫌味なくらいに似合っていて、恋を叶える願掛けに来たはずの男女の視線を攫っていた。

そしてそのうちに、彼の容姿よりもその行動が秘かに話題となり始める。といっても、仕事中の彼のことではない。夕方、閉店した後。プライベートの彼のことだ。

ある日、恋文屋の女性店主と彼が『恋文やしろ』に詣でる姿が目撃された。実はそれは毎日のことのようで、彼はその前に、外からよく見えるカウンター席に座って文《ふみ》を書いていたのも知られている。

日除けのシェードは半分上げられているので姿は覗けるが、暖簾《のれん》も看板も仕舞われているので店に入ることはできない。だから誰も声を掛けたりできないし、その文《ふみ》を覗き見たこともない。

だけど、きっとそれは恋文だ。何故かって、そんなことはその姿を見掛けた者なら誰にでも分かる。

いつもきっかり便箋《びんせん》一枚を書き上げた頃、彼の前に珈琲《コーヒー》が出される。珈琲《コーヒー》を淹《い》れるのは勿論、店主の彼女。そして彼は珈琲《コーヒー》を一口飲んで、書き上げたばかりの文《ふみ》を彼女に手渡すのだ。

蕩《とろ》けるような笑顔と共に、毎日、毎日、毎日——

今日から、
I will start the contract family from today
契約家族
はじめます
1~2
浅名ゆうな
Yuna Asana

あの、
連れ子4人って
聞いてませんでしたけど…!?

今日から、
契約家族
はじめます
2
浅名ゆうな
これが
私の家族です。

最愛の母を亡くし、天涯孤独の身となった高校生のひなこ。悲しみに暮れる中、出会ったのは、端整な顔立ちをした男性。生前、母は彼の家で通いのハウスキーパーをしていたというのだが、なんと彼は、ひなこに契約結婚を持ちかけてきて——
訳アリ夫+連れ子四人と一緒に、今日から、契約家族はじめます!　ひとつ屋根の下で綴られる、ハートフル・ストーリー!

◎定価:1巻 704円・2巻 726円(10%税込)

●illustration:加々見絵里

おいしいふたり暮らし
Oishii futari gurashi
小谷杏子
Kyoko Kotani
今日もかたよりご飯をいただきます
第3回ライト文芸大賞 大賞 受賞作品
クールで過保護な年下彼氏が
アナタの胃袋監視します♥
「あたしがちゃんとごはんを食べるよう『監視』して」。同棲している恋人の垣内頼子《かきうちよりこ》に頼まれ、真殿修《まどのしゅう》は昼休みに、スマホで繋いだ家用モニターを起動する。最初は束縛しているようで嫌だと抵抗していた修だが、夕食時の話題が広がったり、意外な価値観の違いに気付いたりと、相手をより好きになるきっかけにつながって——
●定価：726円（10%税込）　●ISBN:978-4-434-28655-1
●Illustration:

妾腹の生まれのため義母から疎まれ、厳しい生活を強いられている莉珠《りじゅ》。なんとかこの状況から抜け出したいと考えた彼女は、後宮の宮女になるべく家を出ることに。ところがなんと宮女を飛び越して、皇帝の妃に選ばれてしまった！　そのうえ後宮には妖《あやかし》たちが驚くほどたくさんいて……

◉定価：726円（10%税込）　◉ISBN:978-4-434-28559-2

◉Illustration：ボーダー

未央《みお》は、古民家に住んでいる新人BL《ボーイズラブ》漫画家。彼女は、あやかしである白狐《びゃっこ》と同居している。この白狐、驚いたことにBLが好きで、ノリノリで未央の仕事を手伝っていた。そんなある日、未央は新担当編集である小鳥遊《たかなし》と出会う。イケメンだが霊感体質であやかしに取り憑かれやすい彼のことを未央は意識するように……そこに白狐が、ちょっかいをいれてくるようになって——!?

◉定価:726円(10%税込)　◉ISBN:978-4-434-28558-5

◉Illustration:カズアキ

瀬橋ゆか
Sehashi Yuka
尾道
神様の隠れ家レストラン
失くした思い出、料理で見つけます
アルファポリス
第3回
キャラ文芸大賞
ご当地賞
作品
そこは忘れてしまった
「思い出」を探す、
あやかし達のレストラン。
大学入学を控え、亡き祖母の暮らしていた尾道へ引っ越してきた野《の》一色《いしき》彩梅《あやめ》。ひょんなことから彼女は、とある神社の奥にあるレストランを訪れる。店主の神威《かむい》はなんと神様の力を持ち、人やあやかしの探す思い出にまつわる料理を再現できるという。彼は彩梅が抱える『不幸体質』の正体を見抜き、ある料理を出す。それは、彩梅自身も忘れてしまっていた、祖母との思い出のメニューだった——不思議な縁が織りなす、美味しい『探しもの』の物語。
◉定価：726円（10％税込）　◉ISBN:978-4-434-28250-8
◉Illustration：ショウイチ

晴明さんちの不憫な大家 1~3

せいめいさんちのふびんなおおや

著・烏丸紫明
karasuma shimei

祖父から引き継いだ一坪の土地は——

幽世へとつながる不思議な扉でした

やたらとろくな目にあわない『不憫属性』の青年、吉祥真備。
彼は亡き祖父から『一坪』の土地を引き継いだ。実は、
この土地は幽世へとつながる扉。その先には、かの天才
陰陽師・安倍晴明が遺した広大な寝殿造の屋敷と、数多
くの"神"と"あやかし"が住んでいた。なりゆきのまま、
真備はその屋敷の"大家"にもさせられてしまう。逃げ
ようにもドSな神・太常に逃げ道を塞がれてしまった
彼は、渋々あやかしたちと関わっていくことになる——

晴明さんちの不憫な大家

祖父から引き継いだ、一坪の土地は——
幽世へとつながるあやかし
不思議な扉でした

第2回キャラ文芸大賞サウザンブックス賞

これは開運&神このつまさきの涙の、不憫&愛憎人物語

◎各定価:1~2巻 704円・3巻 726円(10%税込)

◎illustration:くろでこ

この作品に対する皆様のご意見・ご感想をお待ちしております。

おハガキ・お手紙は以下の宛先にお送りください。

【宛先】

〒150-6008 東京都渋谷区恵比寿4-20-3 恵比寿ｶﾞｰﾃﾞﾝﾌﾟﾚｲｽﾀﾜｰ 8F
（株）アルファポリス　書籍感想係

メールフォームでのご意見・ご感想は右のＱＲコードから、
あるいは以下のワードで検索をかけてください。

アルファポリス　書籍の感想　検索

ご感想はこちらから

アルファポリス文庫

恋文《こいぶみ》やしろのお猫様《ねこさま》 ～神社《じんじゃ》カフェ桜見席《さくらみせき》のあやかしさん～

織部ソマリ（おりべそまり）

2021年 4月 30日初版発行

編　集ー古内沙知・篠木歩
編集長ー塙綾子
発行者ー梶本雄介
発行所ー株式会社アルファポリス
〒150-6008 東京都渋谷区恵比寿4-20-3 恵比寿ｶﾞｰﾃﾞﾝﾌﾟﾚｲｽﾀﾜｰ-8F
TEL 03-6277-1601（営業）　03-6277-1602（編集）
URL https://www.alphapolis.co.jp/
発売元ー株式会社星雲社（共同出版社・流通責任出版社）
〒112-0005 東京都文京区水道1-3-30
TEL 03-3868-3275
装丁イラストー細居美恵子
装丁デザインーAFTERGLOW
印刷ー中央精版印刷株式会社

価格はカバーに表示されてあります。

落丁乱丁の場合はアルファポリスまでご連絡ください。

送料は小社負担でお取り替えします。


ISBN978-4-434-28791-6 C0193